Knaur.

*Joseph Nassises Trilogie »Die Chroniken der Templer«
im Knaur Taschenbuch Verlag:*
Der Ketzer
Der Engel
Die Schatten *(erscheint März 2008)*

Über den Autor:
Joseph Nassise, geboren 1968 in Boston, Massachusetts, ist der erste Autor, der in einem Jahr sowohl für den International-Horror-Guild- als auch den Bram-Stoker-Award nominiert wurde. Nassise lebt mit seiner Frau und seinen vier Kindern in Phoenix, Arizona, und arbeitet bereits an seinem nächsten Roman.

Joseph Nassise

DER ENGEL
Die Chroniken der Templer

Thriller

Aus dem Amerikanischen von
Carola Kasperek

Knaur Taschenbuch Verlag

Besuchen Sie uns im Internet:
www.knaur.de

Wenn Ihnen dieser Thriller gefallen hat,
schreiben Sie uns mit dem Stichwort »Nassise« –
gerne empfehlen wir Ihnen ausgewählte Titel aus unserem Programm:
mystery@droemer-knaur.de

Deutsche Erstausgabe Oktober 2007
Copyright © 2006 by Joseph Nassise
All rights reserved.
Published by arrangement with D4EO Literary Agency.
Copyright © 2007 für die deutschsprachige Ausgabe
by Knaur Taschenbuch.
Ein Unternehmen der Droemerschen Verlagsanstalt
Th. Knaur Nachf. GmbH & Co. KG, München.
Alle Rechte vorbehalten. Das Werk darf – auch teilweise –
nur mit Genehmigung des Verlags wiedergegeben werden.
Redaktion: lüra - Klemt & Mues GbR
Umschlaggestaltung: ZERO, Agentur, München
Umschlagabbildung: FinePic, München
Satz: Adobe InDesign im Verlag
Druck und Bindung: Nørhaven Paperback A/S
Printed in Denmark
ISBN 978-3-426-63671-8

2 4 5 3 1

PROLOG

Er starrte auf das Ding zu seinen Füßen. Langsam dämmerte es ihm, dass das, was sie gerade ausgegraben hatten, die Welt für immer verändern konnte. Das war aufregend, aber auch beängstigend.
Innerhalb der nächsten paar Minuten musste er sich entscheiden, wie er vorgehen wollte, oder die Neuigkeit würde sich wie ein Lauffeuer im ganzen Camp verbreiten.
Sie arbeiteten schon seit Monaten an der Küste des Toten Meeres, und die Saison war fast vorüber. In einer Woche lief ihre Aufenthaltsgenehmigung ab, und da sie nur wenige Funde vorzuweisen hatten, war es zweifelhaft, ob ihnen weitere Mittel bewilligt würden, um im nächsten Jahr die Ausgrabungen fortzusetzen. Hinzu kam, dass wegen der zunehmenden Gewalt in den besetzten Gebieten die Grenzen vielleicht auf Dauer geschlossen wurden. Und nun das.
Er wandte sich an den Mann, der neben ihm kauerte. »Wer weiß noch davon?«
Der andere schüttelte den Kopf. »Niemand. An diesem

Ende des Grabens habe ich den ganzen Tag allein gearbeitet. Außer mir bist du der Einzige, der es gesehen hat.«
Wenn das stimmte, hatten sie vielleicht eine Chance.
Er dachte einen Augenblick angestrengt nach, dann sagte er: »Okay, wir machen Folgendes ...«

Später am selben Abend.
Zügig durchschritten die Männer seines Teams das Lager und versammelten sich auf der anderen Seite. Alles war ruhig; niemand schien sie bemerkt zu haben. Bis in sieben Stunden die Sonne aufging, blieb ihnen genügend Zeit, um das Objekt heimlich vollends auszugraben, zu verpacken und auf einen Lastwagen zu verladen.
Sie waren zu fünft und kannten einander seit Jahren. Jedem Einzelnen von ihnen vertraute er blindlings. Sie alle hatten den gleichen Eid geschworen und würden, wenn es sein musste, ihr Leben opfern, um das Geheimnis zu bewahren.
Er hoffte allerdings, dass es nicht dazu kommen würde. Mit Unbehagen dachte er daran, was er tun musste, falls jemand sie überraschte.
Die Arbeit war schwierig. Nicht dass das Objekt mit seinen etwas über drei Metern besonders groß gewesen wäre, doch es war fast doppelt so breit wie hoch, und er wollte es unbedingt in einem Stück transportieren. Sie brauchten beinahe zwei Stunden, um es aus seiner Ruhestätte zu bergen, und dann noch einmal zwei, bis

es eingepackt und sicher verschnürt war. Der Himmel im Osten zeigte schon einen rosigen Schimmer, als sie das Bündel in drängender Hast auf einen der Pritschenwagen vom Camp luden.

Während die Männer seines Teams die ganze Nacht lang mit dem Fund beschäftigt waren, hatte er seine Beziehungen spielen lassen und die notwendigen Vorkehrungen getroffen. So hatte er einen Ort gefunden, an dem das Objekt aufbewahrt werden konnte, bis ihr weiteres Vorgehen entschieden war. Außerdem hatte er einige Leute benachrichtigt, die ein paar Wegstunden weiter nördlich zu ihnen stoßen sollten. Das Objekt aus dem Land zu schmuggeln war kein Kinderspiel doch glücklicherweise kannte er mehr als einen Grenzübergang, wo die Wachposten gegen ein entsprechendes Entgelt ein Auge zudrücken würden. Doch darum wollte er sich kümmern, wenn es so weit war. Im Augenblick blieb ihm nichts weiter zu tun.

Leise verabschiedete er sich von seinem Team, dann kletterte er zu dem Fahrer ins Führerhaus des Lasters. Das Camp erwachte bereits zum Leben, als sie sich endlich auf den Weg machten.

Während der Fahrt wurde ihm plötzlich bewusst, dass er soeben den größten Raub in der Geschichte der freien Welt organisiert hatte. Und er musste sich eingestehen, dass es ein tolles Gefühl war.

1

»Du willst mich wohl auf den Arm nehmen!«
Sergeant Sean Duncan schaute entrüstet auf den kleinen Handspiegel, den Knight Commander Cade Williams ihm soeben in die Hand gedrückt hatte. »Was zum Teufel soll ich denn damit?« Die flapsigen Bemerkungen der anderen Männer – er solle mal seine Frisur überprüfen oder fragen, wer der Schönste im ganzen Land sei – quittierte das jüngste Mitglied des Echo-Teams mit einem finsteren Blick.

Cade kümmerte sich nicht um die Spötteleien, sondern teilte weiter die Spiegel aus, die sein Erster Offizier, Master Sergeant Matthew Riley, besorgt hatte. Mochte der Himmel wissen, wie es ihm gelungen war, die Dinger hier im Hochsicherheitsgefängnis Longfort, dem entlegensten Gefängniskomplex des Ordens, aufzutreiben; Cade war einfach nur froh darüber, denn für sein Vorhaben brauchte er die Spiegel unbedingt.

Als er fertig war, sah er Riley kurz an, worauf der große schwarze Sergeant das Team zur Ordnung rief.

»Also gut, das reicht jetzt. Gebt Ruhe und hört zu!«

Die Männer gehörten alle zum Heiligen Orden der Armen Ritter Christi vom Tempel Salomonis oder der Tempelritter, wie er früher genannt wurde. Es wurde allgemein angenommen, dass der Orden im vierzehnten Jahrhundert zerschlagen wurde, doch die Organisation hatte im Geheimen weiterbestanden. Während des Zweiten Weltkriegs waren ihre Mitglieder wieder in Erscheinung getreten und hatten sich ausgerechnet mit der Institution verbündet, die die Templer Jahrhunderte zuvor allesamt exkommuniziert hatte – der katholischen Kirche. Nun fungierte der Orden als geheimer militärischer Arm des Vatikans und war mit der Aufgabe betraut, die Menschheit gegen alle Arten von übernatürlichen Feinden zu verteidigen.

Williams stand an der Spitze des Echo-Teams, der angesehensten Kampfeinheit der Templer, und war für sein hartes Durchgreifen ebenso berühmt-berüchtigt wie für seine unorthodoxen Methoden. Zu seiner Kommandoeinheit gehörten drei weitere Männer: Master Sergeant Riley und die Sergeants Duncan und Olsen. Riley und Olsen waren schon lange dabei und hatten Dinge gehört und gesehen, die einen gewöhnlichen Templer-Soldaten in Angst und Schrecken versetzt hätten. Doch für Cade mit seinen Führungsqualitäten und seinem Einsatz für die Sache wären sie, ohne zu zögern, durchs Feuer gegangen.

Duncan gehörte erst seit kurzer Zeit zum Echo-Team, nachdem er mehrere Jahre in der Leibgarde des Präzeptors gedient hatte. Doch schon nach diesen wenigen

Wochen hatte der sonderbare, geheimnisvolle Anführer der Einheit eine besondere Bedeutung für den jungen Templer gewonnen. Cade hatte ihm klargemacht, dass Duncans einzigartige Fähigkeit weder eine Versuchung noch ein Fluch, sondern schlichtweg eine Gabe war. Und obwohl es ihn störte, dass Cade häufig die Ordensregeln missachtete, zu deren Einhaltung sich jeder Tempelritter durch seinen Eid verpflichtete, hatte Duncan schnell erkannt, dass er viel von ihm lernen konnte.

Cade wartete, bis Ruhe eingekehrt war, bevor er sich an einen Mann wandte, der sichtlich nervös am Rande der Gruppe stand. »Wenn Sie jetzt so freundlich wären, Direktor?«

»Gerne, Knight Commander.« Der Gefängnisdirektor war ein kleiner gedrungener Mann mit schütterem Haar, der eher ein Bankdirektor aus dem Mittleren Westen hätte sein können als jemand, der die zweihundert gefährlichsten Gegner des Ordens, seien sie nun menschlicher oder nichtmenschlicher Natur, in Gewahrsam hielt. »Wie Sie wissen«, begann er, »kann Longfort mit Stolz von sich behaupten, dass es bisher weder eine größere Revolte noch einen Ausbruch gab. Ich erwähne das, um Ihnen klarzumachen, wie außergewöhnlich und gefährlich die gegenwärtige Situation ist. Seitdem die Haftanstalt 1957 erbaut wurde, tun wir unser Möglichstes, um die Kreaturen, die Sie uns bringen, vom Rest der Menschheit fernzuhalten, damit sie keinen Schaden mehr anrichten können.«

Der Direktor räusperte sich und fuhr fort: »Ich fürchte,

diese Erfolgsgeschichte hat letzte Nacht ihr Ende gefunden. Gegen elf Uhr abends kam es zu einem Zwischenfall im Zellenblock D. Den Grund dafür oder den genauen Hergang kennen wir nicht. Wir wissen nur, dass ein Wärter einen Häftling in Zelle 26 bringen wollte und sich stattdessen die Tür zu Zelle 28 öffnete. Die Eretiku, die dort einsaß, gelangte in den Korridor.«
Die Männer waren verstummt und lauschten aufmerksam den Worten des Direktors.
»Dann lief alles aus dem Ruder. Bevor wir überhaupt etwas von dem Vorfall mitbekamen, waren der Wärter und etliche Häftlinge dieses Zellenabschnitts tot. Als wir den Ausbruch bemerkten, handelten wir den Vorschriften entsprechend. Wir riegelten den Gebäudeflügel ab und schickten ein Kommando hinein, das die entflohenen Häftlinge wieder einsperren sollte.«
Mit düsterer Miene blickte der Direktor in die Runde.
»Das war ein Fehler. Wir verloren das gesamte Kommando, bevor uns richtig klar wurde, womit wir es zu tun hatten. Daraufhin zogen wir uns sofort zurück, machten den gesamten Komplex dicht und forderten Verstärkung an.«
An dieser Stelle ergriff Cade das Wort: »Unser Team hat den Befehl, den Zellenblock zu sichern. Dazu sind wir notfalls auch befugt, die Eretiku und weitere Gefangene zu töten. Ich brauche euch alle nicht daran zu erinnern, wie schwierig das Unternehmen wird. Delta hat fünf Mann verloren, als sie die Eretiku seinerzeit gefangen nahmen, und sie waren besser ausgerüstet als

wir jetzt. Aber wir können nicht warten, bis zusätzliche Ausrüstung eingeflogen wird. Wenn es diesem Ding dort drinnen gelingt, aus dem Gefängniskomplex zu entkommen, haben wir ein richtiges Problem.«

Er nahm zwei Stapel Fotos vom Tisch neben sich und gab einen davon Riley, der die Abzüge an die Mitglieder des Teams verteilte. »Das hier ist der Feind«, sagte Cade.

Das Foto zeigte eine ältere Frau in dunkler Kleidung und Kopftuch, die das Gesicht von der Kamera abgewandt hatte.

Einige der Männer blickten Cade an, als fühlten sie sich auf den Arm genommen. Doch er meinte es offensichtlich todernst.

»Und hier ist ein Bild des Wärters, der letzte Nacht ihrem Blick ausgesetzt war.«

Riley verteilte den zweiten Stoß Fotos. Darauf sah man einen Mann in einem Krankenhausbett, der sich offenbar im Endstadium einer tödlichen Krankheit befand. Seine Wangen waren eingefallen, die Haut geisterhaft bleich. Längliche nässende Wunden zogen sich über Gesicht, Hals und Hände und bedeckten anscheinend auch seinen restlichen Körper. Die Haare waren ihm, bis auf ein paar dünne, farblose Strähnen, vollständig ausgefallen.

»Das ist Jason Polnick, 28 Jahre alt. Gestern war er noch vollkommen gesund.« Nach einer kurzen Pause setzte Cade hinzu: »Sie glauben nicht, dass er die Nacht überlebt.«

Er ließ seine Augen über die Reihen der Männer wandern, um zu sehen, ob sie den Ernst der Lage erfasst hatten. »Vielleicht wisst ihr nicht alle, was eine Eretiku ist. Das Wort ist russisch und bezeichnet eine Frau, die ihre Seele dem Teufel verkauft hat. Nach ihrem Tod kehrt sie zurück und fällt Menschen an, um von ihrer Lebenskraft zu zehren. Lasst euch von dem Aussehen der Alten nicht täuschen. Sie ist unglaublich schnell und stark. Wen ihr Blick trifft, der wird mit einer verheerenden Krankheit geschlagen, gegen die Ebola ein harmloser Schnupfen ist. Außerdem kann sie sich unsichtbar machen. Deshalb auch die Spiegel; damit könnt ihr sie erkennen und euch gleichzeitig vor ihrem Blick schützen. Unsere Chance besteht darin, dass man eine Eretiku mit gewöhnlichen Waffen töten kann. Wenn wir sie erst einmal aufgespürt haben, dürfte es daher nicht allzu schwierig sein, sie zu erledigen.«

Cade ging hinüber zur anderen Wand, an der eine Karte des gesamten Komplexes hing. Das Gebäude hatte die Form eines Seesterns. Die sechs Zellenblöcke waren wie Arme um einen zentralen Bereich herum angeordnet. »Die Hälfte von euch geht hier in Stellung«, erklärte Cade und zeigte auf die Panzertüren zwischen den einzelnen Zellenblöcken und dem Zentrum. »Wir postieren euch auf der anderen Seite der Tür, denn sollte das Wesen diese Sperre durchbrechen, sind wir alle in Gefahr. Eine zweite Gruppe stellt sich hier auf.« Die Panzertüren, auf die er diesmal deutete, befanden sich innerhalb des Blockkorridors und trennten die Zellenabschnitte vom Bereich der Aufseher.

»Olsen und Callavecchio, ihr kommt mit mir. Als meine besten Schützen brauche ich euch in vorderster Reihe. Wir müssen auf ein Ziel schießen, das wir nur im Spiegel sehen können.«

Die beiden Männer nickten wortlos.

Cade sah zu Riley hinüber. »Wenn wir erst einmal drin sind, bringen wir als Erstes Sprengsätze an den Wänden an, die von außen ferngezündet werden können. Falls etwas schiefläuft und Gefahr besteht, dass das Ding nach draußen gelangt, scheut euch nicht, den ganzen Bau in die Luft zu jagen. Hinterher könnt ihr ihn ja wieder aufbauen.«

»Geht in Ordnung«, sagte Riley, aber er schien nicht sonderlich glücklich über den Befehl.

Dann wandte sich Cade an die Übrigen. »Wir halten uns haargenau an die Regeln, Leute. Achtet auf eure Rückendeckung, haltet die Augen offen und passt vor allen Dingen auf, dass ihr dieses Ding nicht direkt anschaut. Noch Fragen?«

Keiner sagte etwas.

»Gut, dann also los.«

2

So leise wie möglich schlüpften Commander Williams, Sergeant Olsen und der Gefreite Callavecchio durch die Panzertüren in den Korridor, der zum eigentlichen Zellenblock führte. Über ihrer Keramikrüstung, die vom Heiligen Vater persönlich geweiht worden war, trugen die drei schwarze Kampfanzüge aus schwer entflammbarem Material. Die Männer waren mit ihrer Standard-Pistole, einer Heckler & Koch Mark 23, Kaliber .45 ausgestattet, komplett mit Zwölf-Schuss-Magazin, Mündungsfeuerdämpfer und Laser-Zielvorrichtung. An ihrem linken Handgelenk hatten sie mit Klebeband zwei Reservemagazine befestigt. Ein Kampfmesser steckte entweder am Gürtel oder in einer Beinscheide außen an ihrem Stiefel. Ihre Schwerter, die gerade erst während einer Heiligen Messe gesegnet worden waren, trugen sie so auf dem Rücken, dass das Heft griffbereit ein Stück über ihre rechte Schulter ragte. Ein leichter Helm aus Kevlar mit eingebautem Funk-Headset vervollständigte die Kampfausrüstung. Olsen und Callavecchio suchten mit Hilfe ihrer Spiegel sorgfältig die Wände und Decken in ihrer unmittelbaren Umgebung ab, während Cade sich lieber auf seine ganz speziellen Fähigkeiten verließ.

Mehrere Jahre zuvor hatte er nur mit knapper Not den Angriff eines übernatürlichen Wesens überlebt, das er den Widersacher nannte. Bei dem Kampf war seine Frau ums Leben gekommen, und er selbst hatte schwere seelische und körperliche Verletzungen davongetragen. Seither war er auf dem rechten Auge blind, und über die gesamte Gesichtshälfte, vom Haaransatz bis hinunter über den Wangenknochen und hinter das Ohr, zog sich ein breiter Streifen Narbengewebe. Das Auge selbst war zwar noch vorhanden, doch es ruhte als milchig-weiße Kugel inmitten des zerstörten Fleisches. Gewöhnlich trug Cade eine Augenklappe, hauptsächlich aus Rücksicht auf andere, doch heute Nacht hatte er sie weggelassen. Nichts sollte sein Zweites Gesicht behindern.

Zwar hatte er auf einem Auge seine Sehkraft eingebüßt, doch zum Ausgleich eine besondere Fähigkeit gewonnen. Wenn er sein blindes Auge ein wenig bewegte, zeigte sich ihm die Welt des Übernatürlichen in ihrer ganzen »Pracht«. Nichts blieb diesem Zweiten Gesicht verborgen, weder Engel noch Dämon. Mystische Kräfte sprangen ihm ins Auge wie ein Berg, der unvermittelt aus der Ebene aufragt. Für eine kurze Zeitspanne vermochte er sogar direkt ins Jenseits zu blicken. Doch weil er sich damit auch den Bewohnern jenes Reiches zu erkennen gab, machte er so selten wie möglich davon Gebrauch. Er hatte beizeiten gelernt, dass Geister und andere übernatürliche Wesen nach der Aufmerksamkeit von Lebenden gierten wie ein Junkie nach dem Schuss. Sie merkten schnell, wenn sich ein Lebender in ihre Welt begab, und Cade war schon von allen erdenklichen Phantomen gehetzt worden, wenn er sich zu lange auf der anderen Seite aufgehalten hatte.

Auch die Eretiku, dieser wiederbelebte Leichnam, der den Menschen das Leben aussaugte, würde sich nicht vor ihm verstecken können. Allerdings wusste er nicht, ob ihr Blick ihn auch dann töten konnte, wenn er sie mit Hilfe seines Zweiten Gesichts betrachtete. Er musste sich vorsehen – keine Frage.

Ohne zu zögern, aktivierte er sein Zweites Gesicht.

In der Welt der Geister, in der Gefühle eine große Rolle spielen, laden sich Gegenstände und Orte mit den in ihrer Nähe vorherrschenden Empfindungen auf, und in einem Gefängnis ist Verzweiflung das vorherrschende Gefühl. Vor Cades Zweitem Gesicht verwandelten sich die kalten, stählernen Wände des Korridors in eine glänzende, pulsierende Arterie, die mit krankhaften Wucherungen und Wunden bedeckt war. Auf dem Boden hingestreckt lagen die Körper der toten Häftlinge, schwarz vor Entsetzen und Schmerz. Neben ihnen standen die Geister einiger Wachen, deren verwirrte Mienen zeigten, dass sie noch gar nicht begriffen hatten, was ihnen zugestoßen war. Sie bemerkten Cade in dem Augenblick, als er sie sah und mit einem leise gemurmelten Segenswunsch an ihnen vorüberging. Die Türen am Ende des Korridors trugen mystische Zeichen und Symbole, die vor magischer Kraft glühten.

Von der Eretiku keine Spur.

»Gut«, sagte Cade zu den anderen. »Die Luft ist rein. Haltet eure Spiegel bereit und kommt weiter.«

Mit schussbereiten Waffen gingen sie weiter, durchquerten die Wachstation und drangen bis in den Haupt-Zellenblock vor.

Sie gelangten zunächst in die mittlere Ebene des dreistöckigen Blocks. Auf jeder der drei Etagen führte ein Laufgang an einer Reihe von Zellen entlang, der gerade breit genug war, dass zwei Männer nebeneinandergehen konnten. Der Gang war durch ein hüfthohes Geländer gesichert. Olsen lehnte sich über die Brüstung und warf mit Hilfe des Spiegels einen Blick in die Etagen über und unter ihnen, die genauso aussahen wie die Ebene, auf der sie sich befanden. Von dem Wesen, das sie jagten, war weit und breit nichts zu sehen.

Cade fühlte sich im Zellenblock noch unbehaglicher als im Korridor, denn hier in ihren Zellen verbrachten die Insassen den Großteil des Tages. Schon vor langer Zeit hatte die Heilige Mutter Kirche entschieden, dass es nicht rechtens sei, Feinde, die sich ihr auf Gedeih und Verderb auslieferten, einfach hinzurichten. Andererseits konnte man diese Feinde auch nicht wieder auf die Welt loslassen, wo sie Chaos und Verwüstung anrichten würden. Eine geeignete Lösung schienen Haftanstalten wie diese zu sein, deren Leitung die Kirche in die Hände ihrer kampferprobtesten Veteranen, der

Templer, gelegt hatte. Zellenblock D gehörte nicht zum Hochsicherheitsbereich des Gefängnisses, doch selbst hier durften die Insassen nicht miteinander in Kontakt treten. Damit wollte man verhindern, dass sie ihre Kräfte für einen Ausbruch bündelten. Sie verbrachten ihre Tage in Einzelhaft in schalldichten Zellen. Die Eintönigkeit des Tagesablaufs wurde nur unterbrochen von einer Stunde Bewegung in einem abgesonderten Trainingsraum. Die Sonne und den freien Himmel sahen die Gefangenen nur bei seltenen Gelegenheiten.

Wenn man bedachte, dass manche der Wesen, die hier einsaßen, gemessen an der menschlichen Lebensspanne nahezu unsterblich waren und dass ihnen noch viele Jahrhunderte in diesem Gefängnis bevorstanden, war es kein Wunder, dass sich ihre geballte Wut und Verzweiflung wie eine dichte Decke auf die gesamte Umgebung legte. Nachdem Cade seinen Blick daran gewöhnt hatte, betrat er den Laufgang, der sich an den Zellen auf der rechten Seite entlangzog. Sein Zweites Gesicht sagte ihm, dass vor ihnen alles in Ordnung war. Einige der Zellen waren noch immer sicher verschlossen. Während sie an ihnen vorübergingen, konnten die drei Ritter ab und zu einen Blick auf Geschöpfe erhaschen, bei deren Anblick normalen Menschen das Blut in den Adern gefroren wäre. Den einen oder anderen Häftling erkannten sie wieder, da sie ihn bei einer früheren Operation selbst gefangengenommen hatten. Andere Zellentüren hatte die Eretiku auf der Suche nach Nahrung aufgebrochen. Die Leichen ihrer Opfer lagen auf dem Gang verstreut. Sorgfältig prüften die Männer vom Echo-Team, ob diese Wesen wirklich tot waren, bevor sie über sie hinwegstiegen.

Cade war beinahe bis ans Ende des ersten Ganges gelangt, als es passierte. Wie eine Schlange schnellte eine Hand unter dem Geländer vor und packte Cades Fußgelenk. Bevor er reagieren konnte, wurde er von den Füßen gerissen und mit erstaunlicher Kraft unter dem Geländer hindurchgezerrt, bis er halb in der Luft hing und zwei Stockwerke tief in den gähnenden Abgrund zu stürzen drohte.

Er ließ seine Pistole los und bekam im letzten Moment einen Geländerpfosten zu fassen. Es gelang ihm, sich mit einer Hand festzuhalten, während die Eretiku mit aller Macht an seinem Bein zog. Cade wusste, dass er der übermächtigen Kraft dieses Wesens nicht lange standhalten konnte.

»Hilfe!«, brüllte er. Hoffentlich konnten die anderen rechtzeitig eingreifen.

Als er spürte, wie das Ding noch einmal nachfasste und sich dabei die Klauen durch das dicke Leder seines Stiefels bohrten, trat er in dem verzweifelten Versuch, sich zu befreien, wild um sich.

Im selben Augenblick wurde er bei den Handgelenken gepackt, und als er den Kopf hob, sah er, wie Olsen sich mit beiden Beinen gegen das Geländer stemmte. Neben ihm beugte sich Callavecchio über die Brüstung. Mit der einen Hand hielt er seinen Spiegel so, dass er damit auf die Ebene unter ihnen schauen konnte.

In der anderen hatte er seine Pistole. »Halt doch mal still!«, rief er, doch bevor Cade »leichter gesagt als getan« denken konnte, hallte schon ein Schuss. Es war weiß Gott nicht einfach, über den Rand des Laufgangs zu schießen, wenn man noch dazu mit Hilfe eines kleinen Handspiegels zielen musste. Cade machte sich darauf gefasst, einen Schuss ins Bein abzubekommen, doch das war immer noch besser als ein zehn Meter tiefer Sturz. Er schloss die Augen und hoffte das Beste.
Callaveccio schoss dreimal kurz hintereinander. Der letzte Schuss löste einen wutentbrannten Schrei aus, der von den kalten Steinwänden widerhallte. Cade spürte, wie sich der Griff um sein Bein löste, und stellte verblüfft fest, dass er frei und unversehrt war.
»Schnell, zieh mich hoch!«, rief er. Olsen kam seinem Befehl sogleich nach, während Callaveccio den Bereich unter ihnen im Auge behielt.
»Kannst du sie sehen?«, fragte Cade und kam auf die Füße. Er zog sein Schwert, um gegen einen möglichen weiteren Angriff gewappnet zu sein. Callavecchio warf durch seinen Spiegel einen prüfenden Blick nach unten, dann schüttelte er den Kopf. »Nein, sie ist weg. Fürs Erste.«
Doch jetzt wussten sie, wo sie suchen mussten. Mehr denn je waren sie entschlossen, das Ding aufzuspüren und seinem nichtswürdigen Dasein ein Ende zu setzen. Ein zweites Mal würden sie sich nicht überrumpeln lassen.

Eine Stunde später waren sie jedoch wieder an ihrem Ausgangspunkt auf der zweiten Ebene angelangt.
Vergeblich hatten sie den gesamten Zellenblock nach der Eretiku abgesucht. Cade wusste, dass sie sich hier irgendwo verbergen musste, denn bisher war es ihr nicht gelungen, aus dem Block zu entkommen.
Wo zum Teufel konnte sie stecken?
Gerade als er prüfend den Laufgang auf der anderen Seite des Zellenblocks musterte, ließ sich etwas von der Ebene über ihm herunterfallen und baumelte kopfüber unmittelbar vor seinem Gesicht. Das Ding war nahe genug, dass Cade seinen fauligen Atem und den stinkenden Körper riechen konnte.
Sein Zweites Gesicht gewährte ihm einen Blick auf die wahre Natur des Wesens, die sich hinter seiner menschlichen Hülle verbarg, und er sah einen verwesenden Leichnam mit geifernden Kiefern und in Fetzen herabhängender Haut. Mitten auf der Stirn saß ein drittes Auge, das die todbringenden Blicke aussandte. Dank seines Zweiten Gesichts konnte Cade sogar die schwarzen Kraftwellen erkennen, die von dieser Öffnung ausströmten. Doch er dachte keine Sekunde lang darüber nach, denn sobald seine Kameraden sich umdrehten und das Ding erblickten, wäre ihr Schicksal besiegelt. Also stieß mit aller Kraft seines Schädels zu. Der Schlag betäubte die Eretiku sekundenlang. Ihre Klauen verloren den Halt an der Brüstung über ihnen. Das Wesen stürzte mit vollem Gewicht auf Cade und riss ihn zu Boden. Nach kurzem heftigem Ringen lag Cade auf

dem Rücken, und die Eretiku hockte auf ihm. Sie versuchte, die Zähne in seinen Hals zu schlagen. Die Finger fest um ihre Handgelenke geschlossen, bäumte sich Cade auf, um das Ding abzuwerfen, doch es hatte seine Füße hinter Cades Beinen verhakt und hielt ihn fest im Griff. Dabei stieß es vor Wut und Fressgier schrille Schreie aus.
Wieder stieß der Kopf der Kreatur auf ihn herab. Im selben Augenblick schoss Callavecchios Hand vor und hielt der Eretiku den Spiegel direkt vor die Augen.
Der Effekt war verblüffend.
Cade hätte nicht sagen können, ob ihr vernichtender Blick auf sie zurückgeworfen wurde oder sie ihren eigenen Anblick nicht ertragen konnte; auf jeden Fall bäumte sie sich auf und schlug die Hände vor die Augen. Für einen Augenblick war ihre Beute vergessen.
Darauf hatte Olsen nur gewartet. Mit einem gewaltigen Hieb seines Schwertes durchtrennte er ihren Arm direkt unterhalb des Handgelenks und schlug ihr den Kopf ab.
Unvermittelt brachen die Schreie ab. Pechschwarzes Blut spritzte aus der Halsöffnung. Der Körper kippte hintenüber, der Kopf rollte über die Kante und stürzte in die Tiefe.
Eine Schrecksekunde lang verharrten die Männer reglos, dann beförderte Cade angewidert die halbverweste Leiche mit einem Tritt von sich herunter und ließ sich von Olsen und Callavecchio auf die Beine helfen.
»Bist du in Ordnung?«, fragte Olsen, den Blick noch

immer unverwandt auf die Eretiku geheftet, so als sei er nicht sicher, ob sie auch wirklich tot war.
Cade nickte und holte tief Luft. Das war knapper gewesen, als ihm lieb war. Doch nun hatten sie es überstanden, und wieder einmal war Echo siegreich und ohne Verluste aus einem Kampf hervorgegangen. Darüber musste er lächeln, und schließlich lachte er laut heraus. Seine beiden Kameraden stimmten mit ein, aus purer Erleichterung, dass sie noch am Leben waren, während der Feind tot zu ihren Füßen lag. Sie klopften einander auf die Schulter und gratulierten sich gegenseitig zu ihrem Erfolg, bevor sie sich auf den Weg zurück zu ihren Freunden und Kameraden machten.

3

„Nun komm schon, zieh!«, brüllte Riley vom Steuer der Jacht aus, die sie in Islamorada gechartert hatten. Unter ihm saß Duncan im Achtercockpit der Hatteras 50 und kämpfte verbissen darum, seinen fünften Marlin an diesem Tag einzuholen. Dabei versuchte er, nicht auf die kumpelhaften Spötteleien Nick Olsens zu achten, der breit grinsend mit einer Bierdose in jeder Hand zu seiner Linken saß. Der Sieg des Echo-Teams über die Eretiku in der Longfort Haftanstalt hatte seine Vorgesetzten bewogen, den Männern eine wohlverdiente Pause zu gönnen. Zumal sie nur kurz vor diesem Einsatz gegen den nekromantischen Rat der Neun gekämpft und die Lanze des Longinus zurückerobert hatten. Nach der Abschlussbesprechung durfte das Team für zwei Wochen in Urlaub gehen. Die drei Sergeants der Kommandoeinheit hatten keine Zeit verloren und sich sofort auf den Weg gemacht. Ein Linienflug brachte sie nach Miami, wo sie einen Wagen mieteten und runter nach Islamorada fuhren. Dort wartete schon das startklare Charterboot auf sie. Seit sechs Tagen waren sie seither ausschließlich mit Fischen, Biertrinken und Sonnenbaden beschäftigt.

Nach Rileys Überzeugung schweißte eine Gefahrensituation Männer zusammen, doch beim gemeinsamen Fischen konnten Freundschaften fürs Leben entstehen. Er hatte eine Abmachung mit einem der Bootsverleiher auf der Insel getroffen. Für ein hübsches Sümmchen hielt der stets ein Boot auf Abruf für Riley bereit. Im Laufe der Jahre hatte Riley es sich zur Gewohnheit gemacht, jedes neue Mitglied der Kommandoeinheit zum Hochseeangeln mitzunehmen. Auf diese Weise lernte er den Neuen in einer entspannten Atmosphäre kennen und konnte einschätzen, ob er zu ihnen passte. Wer diesen inoffiziellen Test nicht bestand, wurde von Cade stillschweigend und ohne große Diskussionen aus der Gruppe entfernt.

Diesmal hatte sich Riley schon vor dem Angelausflug ein Bild von dem Neuen machen können; dafür hatte Duncans Einsatz bei der Erstürmung des Nekromanten-Schlupfwinkels gesorgt. Riley hatte sich darüber gefreut, wie gut der junge Sergeant zu Olsen und ihm passte, und nach sechs Tagen ausgiebigen Fischens und nächtlichen Saufgelagen standen sich die drei so nahe wie Brüder.

Während er zusah, wie Duncan mit dem Fisch kämpfte, klingelte plötzlich das Satellitentelefon, das er zwischen dem Echolot und dem UKW-Empfänger befestigt hatte. Riley versuchte wegzuhören und verfolgte das spannende Geschehen im Achtercockpit unter ihm. Aber es klingelte hartnäckig weiter, bis er sich schließlich mit seinem Sitz herumdrehte und das Telefon schwungvoll aus der Halterung zog.

»Ich will nur hoffen, dass es was Wichtiges ist!«, blaffte er in den Hörer.

»Das versichere ich Ihnen, Master Sergeant.« Die Stimme war schneidig und klar, der Tonfall überheblich. Riley sprang auf und nahm zu seiner eigenen Überraschung Haltung an. Ungeachtet der Tatsache, dass der Mann am anderen Ende der Leitung rund 2500 Meilen entfernt war, stand Riley kerzengerade da, die Augen starr auf den Horizont gerichtet. Seine ganze Aufmerksamkeit galt nur noch dieser Stimme.

»Verzeihung, Sir. Soll nicht wieder vorkommen«, sagte er knapp.

»Davon gehe ich aus, Master Sergeant.«

Riley verkniff sich eine Entgegnung und fragte: »Was kann ich für Sie tun, Präzeptor?«

»Es geht um Knight Commander Williams. Ich konnte ihn weder über Festnetz noch per Satellitentelefon erreichen. Und auf den Pager reagiert er auch nicht. Nach allem, was in letzter Zeit geschehen ist, frage ich mich, ob ihm etwas zugestoßen sein könnte.«

Riley überlegte. Cade war dem Vorgänger dieses Mannes, Präzeptor Michaels, stets mit angemessener Achtung begegnet, wohingegen er Präzeptor Johannson offenkundig nicht besonders mochte. Im Unterschied zu allen anderen Kampfeinheiten des Templerordens unterstand Echo unmittelbar dem Seneschall im Hauptquartier des Ordens im schottischen Rosslyn. Cade war von daher nicht verpflichtet, auf die Anrufe des Präzeptors zu reagieren.

Doch nach den jüngsten Vorfällen, wie dem Angriff des Rates der Neun auf verschiedene Templer-Kommandanturen und der Enttarnung eines Maulwurfs in den eigenen Reihen des Ordens, war die Sicherheitslage gespannt, und Cade würde es wohl kaum ignorieren, wenn jemand Kontakt mit ihm aufnehmen wollte.

»Was soll ich tun?«, fragte Riley.

»Soweit ich informiert bin, waren Sie schon mal beim Knight Commander zu Hause.«

»Jawohl, Sir.« Im Gegensatz zu den einfachen Soldaten war den höheren Commandern ein privater Wohnsitz außerhalb des Kommandanturgeländes gestattet. Viele nahmen dieses Vorrecht nicht in Anspruch, doch Cade, der ohnehin kein typischer Commander war, besaß ein Haus samt kleinem Grundstück im ländlichen Connecticut, nicht weit von der Kommandantur Ravensgate.

»Ich möchte, dass Sie ihn aufsuchen. Vergewissern Sie sich, ob alles in Ordnung ist, und erstatten Sie mir danach Bericht. Verstanden?«

Riley schwieg einen Augenblick. Er sah, wie die Sonne auf den tiefblauen Wogen des Atlantiks glitzerte, atmete die frische, reine Seeluft, verfolgte mit den Augen eine Möwe hoch über ihm. Es wäre auch zu schön gewesen. Er stieß einen Seufzer aus und sagte: »Jawohl, Sir. Ich mache mich sofort auf den Weg.«

Gleich darauf gingen die drei Männer an die Arbeit. Während die anderen beiden die Angelschnüre einholten und das Deck schrubbten, warf Riley den Motor an und brachte das Boot auf Kurs nach Westen. Obgleich er nicht glaubte, dass Cade in Gefahr schwebte, wollte er es nicht darauf ankommen lassen. Er würde direkt nach Miami fahren und am Nachmittag einen Flug nach New York nehmen. Die anderen beiden sollten das Boot zurück zu den Keys bringen, alles mit dem Eigner regeln und dann so bald wie möglich nachkommen.
Vielleicht kämen sie gerade noch rechtzeitig, um mitzuerleben, wie sich Riley und Cade über die übertriebene Sorge des Präzeptors lustig machten.

Die Sonne war schon lange untergegangen, als Riley mit seinem gemieteten Ford Explorer in die Auffahrt zu Cades Privatgrundstück in der ruhigen Kleinstadt Willow Grove einbog.
Das Haus lag ein Stück von der Straße zurückgesetzt und war von einem dichten Eichenwäldchen umgeben. Ein stilles Fleckchen Erde, das so gar nicht zu Cades rastlosem Wesen passen wollte. Andererseits brauchten auch rastlose Menschen zuweilen einen Ort, an den sie sich zurückziehen konnten. Cades Jeep Wrangler stand vor dem Haus, und Riley parkte seinen Wagen dahinter. Als er ausstieg, empfand er ein leichtes Unbehagen. Alles war dunkel. Falls Cade daheim war, was der geparkte Wagen nahelegte, müsste es eigentlich ein

Lebenszeichen von ihm geben. Doch kein Fenster war erleuchtet, und das ganze Haus wirkte wie ausgestorben. Riley öffnete den Reißverschluss seiner Jacke, damit er im Ernstfall leichter an die Pistole im Schulterhalfter kam. Dann stieg er die Verandastufen hinauf und klingelte. Niemand öffnete. Er versuchte es noch einmal und drehte den Knauf.
Die Tür war unverschlossen.
»Cade?«, rief er in die Dunkelheit. Keine Antwort.
Vielleicht hatte Cade die Tür aus irgendeinem Grund offen gelassen, vielleicht aber auch nicht. In seinem Geschäft hatte Riley gelernt, vorsichtig zu sein.
Er trat ein und zog die Tür leise hinter sich zu. Lauschend stand er in der Finsternis.
Drückend und unheimlich lastete die Stille, als hielte das Haus den Atem an.
Rileys Unbehagen wurde so stark, dass er sich ermahnen musste, einen kühlen Kopf zu behalten.
Er zog die Waffe; schwer und beruhigend lag sie in seiner rechten Hand. Mit der linken schaltete er das Licht in der Diele und dem angrenzenden Wohnzimmer ein.
Alles schien an seinem Platz zu stehen.
»Cade? Bist du zu Hause, Mann?« Riley hielt es für besser, sich zu melden, damit sein Freund ihn nicht aus Versehen für einen Einbrecher hielt und schoss.
Doch es kam kein Lebenszeichen.
Riley inspizierte die Zimmer im Erdgeschoss und machte dabei überall das Licht an. Durch die Diele und das

Wohnzimmer gelangte man in ein Esszimmer und von dort aus zu einem großen offenen Wohnbereich mit integrierter Küche. In der Spüle befanden sich einige schmutzige Teller, doch da jemand die Essensreste abgespült hatte, ließ sich nicht sagen, wie lange sie schon dort standen. Aus dem offenen Bereich führte eine Treppe in den ersten Stock. Riley stieg hinauf und rief noch einmal vergeblich nach Cade. Lag sein Freund etwa irgendwo verletzt und konnte gar keine Antwort geben? Auf der oberen Etage befanden sich das Hauptschlafzimmer und zwei durch ein Bad getrennte Gästezimmer, die beide leer waren. Als Riley das Licht einschaltete, stellte er überrascht fest, wie karg Cades Schlafzimmer eingerichtet war. Ein Bett und ein Nachttisch waren die einzigen Möbelstücke. An der Wand gegenüber dem Bett hing eine große Fotografie. Das Bild zeigte eine junge Frau, die sich lächelnd der Kamera zudrehte. Ihr langes, kastanienbraunes Haar flog durch die Kopfbewegung nur so, und ihre Augen blitzten vor Lebensfreude.

Das konnte nur Cades verstorbene Frau Gabrielle sein. Kein Wunder, dass Cade sie so vermisste.

Riley schaltete das Licht wieder aus und wollte sich gerade zum Gehen wenden, als er aus den Augenwinkeln draußen einen Lichtschimmer bemerkte. Er ging zum Fenster, hob eine Ecke der Gardine hoch und schaute hinaus. Das Licht kam aus dem Türspalt eines alten Schuppens am anderen Ende des Grundstücks. Riley konnte sich schwach erinnern, dass Cade einmal seine

»Werkstatt« erwähnt hatte. Bestimmt hatte er dieses Gebäude gemeint. Riley war erleichtert. Wenn dort Licht brannte, war mit Cade sicher alles in bester Ordnung.
Riley verließ das Schlafzimmer, stieg die Treppe hinunter und wollte gerade durch die Küche gehen, als er eine Hintertür entdeckte, die ihm zuvor nicht aufgefallen war. Durch sie gelangte er in den Garten und zur Werkstatt.
»Hey, Cade! Bist du da drin?«, rief er noch einmal, doch wieder erhielt er keine Antwort.
Von nahem wirkte die Werkstatt viel größer, als es vom Schlafzimmerfenster aus den Anschein gehabt hatte. Eigentlich handelte es sich eher um eine Scheune als um einen Schuppen, und ein dunkles Fenster hoch über der Tür ließ vermuten, dass es sogar ein zweites Stockwerk gab. Riley schob eine Hand zwischen die Flügel des Rolltores und drückte sie auseinander. Geräuschlos glitt das Tor auf der gut geölten Schiene auf, und aus dem Inneren des Gebäudes fiel Licht nach draußen.
Vorsichtig trat Riley ein.
Es war auf den ersten Blick erkennbar, dass die gesamte Konstruktion entkernt und neu ausgebaut worden war. Das untere Stockwerk bestand aus einem komplett eingerichteten Studio. An den Wänden des ehemaligen Pferdestalls standen dicht gedrängt Bücherregale, und gegenüber der Tür waren mehrere Arbeitstische in einem Halbkreis angeordnet. In der gegenüberliegenden Ecke befand sich ein Holzofen, dessen dickes schwarzes Ofenrohr in der Decke verschwand.

Riley betrat den Raum, ließ aber sicherheitshalber die Tür hinter sich offen. »Hallo? Ist da jemand?« Stille.
Er trat an den Tisch direkt vor ihm. Mehrere Bücher lagen darauf, ein Schreibblock und ein halb ausgetrunkener Becher mit Kaffee. Die Kaffeesahne war geronnen. Der Becher musste schon mehrere Tage hier stehen. Irgendwie wirkte der ganze Ort, als sei er überstürzt verlassen worden.
In dem Halbkreis, den die Tische bildeten, war auf dem Boden ein großer Spiegel befestigt. Komischer Platz für einen Spiegel, dachte Riley. Wie leicht konnte man aus Versehen mitten hineintreten.
Mitten hineintreten ...
Riley ging hinüber zu den anderen Tischen. Ihn beschlich eine dunkle Vorahnung. Etliche der überall verstreuten, zumeist sichtbar alten Bücher waren aufgeschlagen. Die vergilbten Seiten zierten kunstvolle Schriftzeichen, Symbole und Illustrationen. Vor einem Tisch stand ein Hocker; hier musste Cade gesessen und gearbeitet haben.
Auf diesem Tisch lag nur ein einziges Buch. Ein flüchtiger Blick auf den Text verriet Riley, dass er kein Wort davon verstand. Er wusste nur, dass es sich um Enochian handelte, die Sprache der Engel. Der Stapel beschriebener Blätter daneben schien Cades Übersetzung zu enthalten. Als Riley darin blätterte, stellte er fest, dass es um gefallene Engel ging und um die Kunst, sie sich zu Diensten zu machen. Nicht unbedingt die gängige Lektüre für einen Tempelritter, doch Riley war keines-

wegs überrascht. Er wusste, dass Cade alles tun würde, um herauszufinden, was in jener Sommernacht vor sieben Jahren ihm und seiner Frau zugestoßen war. Da kam es auf ein paar verbotene Bücher nicht an. Aber vielleicht gab dieses hier ja einen Hinweis darauf, wohin Cade verschwunden war.

Soweit Riley wusste, war Cade davon überzeugt, dass der Widersacher, jenes übernatürliche Wesen, das Cades Frau getötet und ihm selbst zu einigen ungewöhnlichen Fähigkeiten verholfen hatte, in Wahrheit ein gefallener Engel war. Darüber hinaus glaubte der Commander, dass sich sowohl der Geist seiner Frau als auch der Widersacher im Jenseits aufhielten, einem seltsamen Zwischenreich, das dem Fegefeuer ähnelte und sich irgendwo zwischen der Welt der Lebenden und der Toten befand. Zu den außergewöhnlichen Gaben, mit denen der Widersacher Cade bedacht hatte, gehörte die Fähigkeit, sich zwischen dem Diesseits und dem Jenseits hin und her bewegen zu können.

Und der Weg dorthin führte durch einen Spiegel.

Als Riley noch einmal mit den Augen den Boden absuchte, fiel ihm ein schwarzer Gegenstand auf, den er bisher übersehen hatte. Unter einem der Tische lag ein mit silbernen Spangen verschlossenes, längliches Futteral. Riley zog es hervor und fuhr mit den Fingern über das weiche Leder, bevor er die drei kleinen Spangen öffnete.

Cades geweihtes Schwert lag nicht an seinem Platz.

Langsam vervollständigte sich das Bild in Rileys Kopf.

Die unbeantworteten Telefonanrufe. Der leere Schwertkasten. Die Bücher über Engel. Die Werkstatt mit dem Spiegel auf dem Boden.

Cade hielt sich im Jenseits auf!

Von seinem Platz aus sah Riley eine einfache Holztreppe, die hinaufführte zu einer Tür. Anscheinend war auch der ehemalige Heuboden umgebaut worden und bildete jetzt ein abgeschlossenes Stockwerk.

Um sicherzugehen, wollte sich Riley dort oben umsehen, obwohl er glaubte, Cades Verschwinden geklärt zu haben. Er stieg die Treppe hinauf und öffnete die Tür.

Glas knirschte unter seinen Schritten.

Mit einem Fuß noch auf der Treppe, die Türklinke in der Hand, blieb Riley stehen, starrte in die Dunkelheit und lauschte angestrengt. Kein Laut drang an sein Ohr. Hier schien niemand zu sein.

Er stieß die Tür weit auf und trat ein. Dabei tastete er mit der linken Hand nach dem Lichtschalter. Das Licht war so gleißend hell, dass es seine Augen blendete. Als habe die einzelne Glühbirne unbeschreibliche Leuchtkraft. Riley musste sich abwenden und die Augen mit der Hand bedecken. Voller Unbehagen schoss ihm durch den Kopf, was für ein leichtes Ziel er in diesem Moment bot.

Doch nichts geschah.

Als sich seine Augen an die Helligkeit gewöhnt hatten, blickte er sich um. Was er sah, erfüllte ihn mit Angst und Schrecken.

Der ganze Raum war voller zerstörter Spiegel.
Sie waren überall; auf dem Boden, an den Wänden, auf dem kleinen Tisch neben der Tür. Nicht ein einziger war unversehrt, bei einigen ragten noch ein paar spitze Splitter aus dem Rahmen. Die meisten Scherben bedeckten den Fußboden, als seien die Spiegel von innen heraus explodiert. Riley ahnte, wozu Cade diesen Raum mehrfach benutzt hatte, und seine schlimmste Befürchtungen bestätigten sich.
Ins Jenseits und zurück zu gelangen erforderte enorme physikalische Energie, wobei der Spiegel, durch den man ins Diesseits zurückkehrte, beim Übergang stets zerbarst. Auch wenn er selbst noch niemals dort gewesen war, hatte Riley Cade ein- oder zweimal dabei zugesehen und war daher zumindest oberflächlich mit dem Vorgang vertraut. Um ehrlich zu sein, würde Riley niemals freiwillig diese Grenze überschreiten. Cades Erzählungen von den absonderlichen, missgestalteten Kreaturen, denen er auf seinen einsamen Erkundungen begegnet war, hatten Rileys Neugier zur Genüge gestillt. Das brauchte er weiß Gott nicht mit eigenen Augen zu sehen.
Er hatte von Cade erfahren, dass es ungeheuer kräftezehrend war, die Barriere, auch Schleier genannt, in die eine oder andere Richtung zu überwinden. Zeit und Entfernungen unterlagen drüben scheinbar anderen Gesetzmäßigkeiten. Es konnte passieren, dass Stunden, die man auf der anderen Seite verbrachte, Tagen in unserer Welt entsprachen. Hielt sich ein Besucher zu lan-

ge im Jenseits auf, lief er Gefahr, in einem Zustand der Austrocknung, halb verhungert und einige Tage älter als bei seinem Aufbruch wieder zurückzukehren. Daher war es hochgefährlich, mehrere solcher Grenzgänge kurz hintereinander zu unternehmen.
Den vielen zerbrochenen Spiegeln nach zu urteilen, war der Commander Dutzende Male in dem Reich hinter dem Schleier gewesen. Vielleicht sogar öfter.
Ein solches Verhalten war selbstmörderisch.
Was um Himmels willen hatte sich Cade dabei gedacht?
Gerade als Riley die Treppe wieder hinuntersteigen wollte, hörte er von unten lautes Bersten.
Die Pistole im Anschlag warf Riley einen Blick durch die Tür. Der große Spiegel in der Mitte des Raums war zerbrochen, daneben lag ein Mann – Cade. Die Augen weit aufgerissen, schien er nicht einmal mehr zu atmen.
Riley rannte die Treppe hinab, kniete sich neben den reglosen Körper und tastete mit der linken Hand nach der Halsschlagader. Dabei blickte er sich prüfend um, ob jemand Cade von drüben gefolgt war. Nach langem Suchen fand Riley endlich einen schwachen Puls.
Cades Körper zeigte zwar keine äußeren Verletzungen, war jedoch in sichtbar kritischem Zustand. Er hatte so viel Gewicht verloren, dass seine Kleider schlotterten. Seine Gesichtshaut war von einem scheußlichen Gelbton, und seine Wangen waren dermaßen eingefallen, dass es wirkte, als wollten die Knochen jeden Augen-

blick hindurchstoßen. Riley musste an die Mumie denken, die er einmal im Naturhistorischen Museum gesehen hatte.
So sah jedenfalls kein lebendiger Mensch aus.
Riley war klar, dass er Cade nicht helfen konnte. Er zog sein Mobiltelefon aus der Tasche und wählte aus dem Kopf eine zehnstellige Nummer. Als sich jemand meldete, nannte er seinen Namen und den Dienstgrad, gab an, wo er sich befand, und bat darum, umgehend medizinische Hilfe für einen hohen Offizier zu schicken.
Nachdem das Gespräch beendet war, nahm er Cade behutsam in die Arme und hob ihn auf, entsetzt darüber, wie leicht der Commander war. Er trug ihn aus der Werkstatt und über den Rasen zurück ins Haus. Dann stellte er sich ans Fenster und wartete auf den Hubschrauber, der bereits unterwegs war. Riley versuchte, möglichst nicht an Cades Zustand zu denken und daran, wie die Minuten gnadenlos verstrichen. Entweder traf die Hilfe rechtzeitig ein oder nicht. Es lag alles in Gottes Hand. Riley betete mit gesenktem Kopf.
Beim ersten leisen Geräusch des eintreffenden Helikopters spürte Riley plötzlich, wie Cade sich regte. Er wandte sich ihm zu und sah überrascht, dass der Commander ihn mit seinem gesunden Auge anschaute.
»Ich muss sie finden, Matt. Ich muss sie einfach finden.«
Der Schmerz und die verzweifelte Sehnsucht in Cades

Stimme taten dem großen Mann in der Seele weh. Er räusperte sich, um den Kloß in seinem Hals loszuwerden, und sagte nur: »Ich weiß, Boss.«
Cade verlor erneut das Bewusstsein. Ist auch besser so, dachte Riley. Er wusste ohnehin, von wem Cade gesprochen hatte.

4

Riley wartete auf dem Korridor vor Cades Krankenzimmer, als seine Teamkameraden eintrafen. Nachdem sie das Charterboot zurückgebracht hatten, waren die beiden Männer mit einer klapprigen Propellermaschine nach Miami geflogen. Von dort aus hatten sie einen Direktflug nach Boston genommen, wo ein Ordensbruder sie mit dem Auto abgeholt und die letzten achtzig Kilometer zur Kommandantur gebracht hatte.

»Wie geht es ihm?«, fragte Olsen.

Riley schüttelte den Kopf. »Nicht gut. Er ist so unterernährt und ausgetrocknet, dass sein Körper sich praktisch selbst aufzehrt. Laut seinem Arzt stand es eine Zeit lang auf Messers Schneide. Noch einen Tag länger, und er hätte es auch mit medizinischer Hilfe nicht mehr geschafft. Jetzt müssen wir einfach abwarten.«

Der große Sergeant berichtete weiter, wie er und Cade mit dem Hubschrauber zur nächstgelegenen Kommandantur in Connecticut gebracht worden waren. Doch

der Sanitätsoffizier dort hielt es angesichts von Cades Zustand für besser, ihn in das Krankenhaus nach Newport, Rhode Island, bringen zu lassen.
Hier, im Hauptquartier des Ordens, hatten sich alle vier nun eingefunden.
Duncan warf einen Blick durch die geöffnete Tür in den Raum, wo Cade umgeben von medizinischen Geräten schlief. Einen starken Mann wie ihn so daniederliegen zu sehen war beunruhigend.
»Was um alles in der Welt hat er sich bloß dabei gedacht?«, fragte Olsen ungehalten, weil er sich hilflos fühlte.
»Er hat nach seiner Frau gesucht«, antwortete Duncan abwesend und fixierte nach wie vor den Knight Commander.
Plötzlich fiel ihm auf, wie still die anderen auf einmal waren, und er drehte sich zu ihnen um. Sie starrten ihn entgeistert an.
»Was weißt du denn darüber?«, fragte Riley in einem Ton, der Duncan daran erinnerte, dass er noch immer der Neuling war. In der Stimme des großen Sergeants schwang Neugier, aber auch ein Anflug von Verärgerung mit.
Ohne zu zögern, erwiderte Duncan: »Ich habe sie gesehen. Zumindest glaube ich es.«
»Was? Wann?«, entfuhr es Olsen.
»In der Nacht, als wir Stones Leiche in dem Haus am Ottersee gefunden haben.«
Duncan dachte zurück an jene Nacht. Er und Cade hat-

ten den Obersten der *Custodes Veritatis* aufgesucht, einer geheimen Gruppierung innerhalb der Templerhierarchie. Deren Aufgabe bestand darin, die heiligen Reliquien zu schützen, die sich im Besitz des Ordens befanden. Riley und Olsen hatten die Nachhut gebildet, um etwaige Verfolger aufzuspüren. Als sie eintrafen, war Stone schon tot gewesen. Offensichtlich hatte man ihn erst gefoltert und dann umgebracht. Cade und Duncan selbst waren von Anhängern des nekromantischen Rates der Neun überfallen worden, die es auf die kostbare Lanze des Longinus abgesehen hatten. Ganz auf sich gestellt, waren die beiden nur entkommen, indem sie sich Cades erstaunliche Fähigkeit, sich ins Jenseits zu versetzen, zunutze machten.

Sie waren vom Regen in die Traufe geraten, denn kaum hatten sie in jenem schaurigen Zerrbild der Wirklichkeit das Bewusstsein wiedererlangt, wurden sie auch schon von einer Horde geifernder Geister verfolgt. Da sie mit dem Rücken zu einem wenig einladenden Meer standen, blieb ihnen nichts anderes übrig, als tapfer gegen die erdrückende Übermacht zu kämpfen.

Am Ende hatte Cades verstorbene Frau sie gerettet – davon war der Commander jedenfalls fest überzeugt.

»Warum hast du uns nicht eher davon erzählt?«, fragte Olsen, als Duncan geendet hatte.

Der schnaubte abfällig. »Sicher doch. Was erwartet ihr denn von mir? Sollte ich vielleicht sagen: Übrigens, Jungs – falls es euch interessiert –, unser verehrter Commander ist der festen Ansicht, dass seine tote Frau

unseren Arsch gerettet hat, als wir auf der anderen Seite der Wirklichkeit festsaßen.«
Riley und Olsen starrten ihn wortlos an. Offensichtlich hatten sie genau das von ihm erwartet.
Verdutzt öffnete Duncan den Mund, um etwas zu entgegnen, als er durch die Ankunft eines Novizen unterbrochen wurde, der eine Botschaft für Riley brachte. Der Master Sergeant las die Nachricht und stieß einen leisen Fluch aus.
»Was ist?«, wollte Olsen sofort wissen.
»Sie ziehen unsere Einheit ab. Echo wird für einen neuen Einsatz gebraucht. Wir sollen uns in einer halben Stunde zur Lagebesprechung treffen.«
»Das können sie doch nicht machen, nicht jetzt! Was ist mit Cade?«, fragte Duncan.
Riley warf einen Blick auf Cades reglose Gestalt. »Ich sage es ja nur ungern, aber es sieht so aus, als wären wir bis auf weiteres auf uns gestellt.«
Da bis zur Besprechung noch etwas Zeit blieb, trennten sich die Männer. Während Riley dem Novizen durch den Korridor folgte, stellte er ihm mit gedämpfter Stimme Fragen. Er wollte herausbekommen, in was für einer Stimmung der Präzeptor war, bevor er ihm gegenübertreten musste. Olsen begab sich zu den Mannschaftsquartieren, um den übrigen Männern von Cades Zustand zu berichten und ihnen mitzuteilen, dass ein neuer Einsatz auf sie wartete.
Duncan blieb allein zurück. Da er als Letzter zur Kommandoeinheit gestoßen war, hatte er noch keine beson-

deren Aufgaben, bis es Zeit für die Lagebesprechung war.
Er blickte rasch nach links und rechts, um sich zu vergewissern, dass er allein war. Dann öffnete er die Tür zu Cades Zimmer noch ein Stück weiter und schlüpfte hinein.
Die Stille im Raum wurde nur unterbrochen vom Summen des Ventilators und dem gleichmäßigen Piepen der Geräte, die Cades Körperfunktionen überwachten. Lange Minuten stand Duncan an Cades Bett, blickte auf ihn hinunter und kämpfte mit sich. Mehr als einmal streckte er die Hand nach dem Kranken aus, zog sie jedoch immer wieder zurück. Im Verlauf ihrer letzten Mission hatte Cade ihm eingeschärft, ihn unter gar keinen Umständen zu berühren.
Du könntest ihn heilen.
Zum wiederholten Mal, seit er den Raum betreten hatte, drängte sich ihm dieser Gedanke auf.
Es wäre ganz einfach.
Das stimmte. Er brauchte Cade nur seine Hand aufzulegen und sich vorzustellen, wie sich Krankheit und Schwäche in Luft auflösten.
Du hast es doch schon früher getan, für Leute, die du nicht einmal kanntest.
Auch wieder wahr. Einige Jahre zuvor hatte er drüben in Asien Hunderte fremder Menschen geheilt. Doch damals hatte er sich geschworen, nie wieder Gebrauch von seiner »Gabe« zu machen.
Aber du hast den Schwur gebrochen, stimmt's? Du hast

Sergeant Olsen geheilt, als er bei dem Hubschrauberabsturz verletzt wurde. Und dieser Mann hier ist weiß Gott kein Fremder, sondern dein Commander.
Duncan begann, vor Cades Bett auf und ab zu gehen. Er empfand seine Unentschlossenheit wie eine körperliche Qual. Jahrelang hatte die Stimme in seinem Kopf geschwiegen. Nach dem Debakel in China war er zu der Überzeugung gelangt, dass seine »Gabe« eher ein Fluch als ein Segen war, und er hatte den Entschluss gefasst, diese Fähigkeit nie wieder einzusetzen. Monatelang hatte ihn die innere Stimme geplagt und bedrängt, doch als er standhaft blieb, war sie schließlich verstummt.
Bis jetzt.
Duncan seufzte. Er wusste, dass ihm nur ein Ausweg blieb.
Beim Surren des Ventilators und dem Piepen des Herzmonitors kniete er mitten im Zimmer nieder und begann zu beten.
»Himmlischer Vater, voller Qual und Sorge wende ich mich heute an dich ...«
Einige Zeit später hatte Duncan seine Entscheidung getroffen.

Er träumte.
Von einem kalten, trüben Meer, dessen Wogen an einen grauen Strand schlugen, während an einem düsteren Himmel eine tote Sonne langsam unterging. Er stand am Wellensaum, schaute über die weite, trostlose Flä-

che und wartete. Worauf, wusste er nicht. Er war hierhergekommen, wo immer das auch sein mochte, um ... jemanden zu treffen? Etwas zu sehen?
Er wusste es nicht.
Doch was es auch war, er spürte, wie es immer näher kam.
Also harrte er aus, an diesem sonderbaren Strand, und starrte hoffnungsvoll in die Ferne, bis die Sonne hinter dem Horizont versunken war, und sich die Dunkelheit wie ein schwarzes Tuch auf die Wellen legte.
Noch immer wartete er.
Endlich erspähte er auf der nächtlichen Wasserfläche ein warmes Licht. Sein Herz machte vor Freude einen Sprung.
Doch es war zu spät.
Hinter ihm in der Finsternis ertönte ein wütendes Knurren, dem gleich darauf ein zweites antwortete, und bald war die Luft erfüllt von durchdringendem Geheul.
Er fuhr herum und griff unwillkürlich nach seinem Schwert, das er auf den Rücken geschnallt trug.
Diese langgezogenen Töne kannte er von seinen Aufenthalten in dieser Welt nur allzu gut – es war das Jagdgeheul von Leichenhunden, die eine Beute gestellt hatten.
Er wappnete sich innerlich für den bevorstehenden Kampf.
Lautlos kamen sie aus dem Nebel über den Kiesstrand auf ihn zugerast. Nun, da das Rudel beisammen war, brauchten sie sich nicht mehr durch Laute miteinander

*zu verständigen, doch die schwer lastende Stille war noch unheimlicher als das Knurren und Belfern zuvor.
Ohne zu zögern, trat Cade dem ersten von ihnen entgegen. Mit einem Schritt zur Seite erhob er sein Schwert und teilte die Bestie mit einem Hieb mitten durch, gerade als sie ihm an die Kehle springen wollte. Dem zweiten Angreifer erging es nicht besser. Dem dritten stieß er sein Schwert in die Brust. Es gelang ihm gerade noch, die Waffe wieder aus dem leblosen Körper zu ziehen, da war der Rest der Meute schon über ihm.
Behende wirbelte er herum und hieb mit dem Schwert in alle Richtungen. Auf diese Weise schaffte er es, sich die Hunde vom Leibe zu halten. Bald türmten sich die Kadaver zu seinen Füßen, doch immer neue Angreifer stürmten auf ihn ein. Sie sprangen über die Leichen ihrer Artgenossen hinweg, um sich auf ihn zu stürzen.
Schließlich blieb ihm nichts anderes übrig, als zum Wasser hin zurückzuweichen. Die Augen fest auf die blutrünstige Horde gerichtet, ging er Schritt für Schritt rückwärts, bis die ersten kleinen Wellen seine Füße umspülten. Mittlerweile wimmelte der Strand, so weit das Auge reichte, von Leichenhunden. Cade hielt sein Schwert aufrecht vor der Brust wie einen Talisman, den es nach dem Blut seiner Feinde dürstete.
Doch schlagartig blieben die Hunde stehen.
Sie rannten am Flutsaum auf und ab, stießen vor Enttäuschung ein nervenzerreißendes Geheul aus, gingen jedoch keinen Schritt weiter. Das Wasser schien eine*

Barriere zu bilden, die sie nicht überwinden konnten oder wollten.
Gerade überlegte Cade, was wohl in den Tiefen des Meeres lauerte, dass sich sogar dieses blutrünstige Pack davor fürchtete, als plötzlich zwei Hände seine Knöchel umfassten und ihn von den Füßen rissen.
Mit lautem Klatschen fiel er hin und nahm dabei einen großen Schluck von dem faulig schmeckenden Wasser. Bevor er noch reagieren konnte, wurde er mit unglaublicher Geschwindigkeit durchs Wasser gezogen, hinaus aufs offene Meer.
Bei dem Versuch, sich zu befreien, zappelte er und trat wie wild um sich, wohl wissend, dass er den Atem nur noch wenige Sekunden lang anhalten konnte.
Kaum ließen ihn die Hände einen Augenblick los, schoss er nach oben, keuchte und japste, sobald sein Kopf über Wasser war. Als er sich suchend umschaute, stellte er fest, dass er sich mehrere hundert Meter vom Strand entfernt befand, wo die Hunde noch immer auf und ab liefen. Doch ihm blieb keine andere Wahl; er musste zurück ans Ufer. Hier im Wasser durfte er auf keinen Fall bleiben.
Er holte tief Luft und wollte gerade losschwimmen, da packten die Hände erneut zu. Doch diesmal waren es mehr als zwei. Mit stählernem Griff umklammerten sie seine Beine; kalte, glitschige Finger fassten nach seinen Füßen, Knöcheln und Waden, während andere versuchten, seine Knie festzuhalten, um ihn am Schwimmen zu hindern.

Abermals zogen sie ihn in die Tiefe.
Doch im Sinken vernahm er eine Stimme, die seinen Namen rief. Er konnte nicht antworten, da ihm sonst das brackige Wasser in Mund und Lungen gedrungen wäre. Mit zusammengebissenen Zähnen kämpfte er gegen den Impuls an, Luft zu holen, während die Hände ihn immer tiefer hinabrissen.
Da sah er, wie über ihm auf der Wasseroberfläche ein Schatten vorüberzog. Hier bin ich, hier unten!, schrie er im Geiste, doch nur die gierigen Stimmen der Toten antworteten ihm, als sie mit ihm weiter und weiter hinab in die Tiefe fuhren. Du bleibst hier bei uns, raunten sie ihm zu, bis in alle Ewigkeit. Er schlug wild mit den Armen um sich, als es immer weiter hinunterging, in die bodenlose Finsternis, wo alle Hoffnung starb und schwarze Verzweiflung zu Hause war.
Plötzlich griff jemand nach seinem Handgelenk.
Er war dem Ersticken nahe, sein Herz pochte zum Zerspringen, doch mit einem letzten Funken Bewusstsein erkannte er, dass diese Hand von oben kam.
Scheinbar mühelos und mit rasender Geschwindigkeit wurde er hinaufgerissen, fort von den tastenden Händen der Toten. Eine Sekunde später schoss er aus dem Wasser, doch er spürte, dass es zu spät war. Zu viel von der üblen Brühe hatte er geschluckt, zu viel von diesem Gift war bereits in seinen Körper eingedrungen. Das würde er nicht überstehen.
Immer wieder rief die Stimme seinen Namen, aber er hatte keine Kraft mehr. Schließlich gab er auf, zu müde

und erschöpft, um noch länger zu kämpfen. Eine dunkle Gestalt beugte sich über ihn, das Gesicht unter einer Kapuze verborgen. So furchterregend dieses Wesen auch war, es konnte ihm nichts mehr anhaben. Und dann wurde es um ihn herum dunkel.
Im allerletzten Augenblick, bevor er die Welt hinter sich ließ und ins Nichts taumelte, zuckte plötzlich ein heller Blitz auf und gewährte ihm einen flüchtigen Blick auf seinen Retter.
Unter der Kapuze ihres langen Umhangs hatte die Gestalt das Gesicht von Gabrielle. Lächelnd sagte sie seinen Namen; dabei stach die verwüstete Hälfte ihres Gesichts, wo der bleiche Knochen hervorschimmerte, grässlich gegen die glatte Haut der anderen Seite ab.
Im selben Augenblick erwachte Cade.
Noch hörte er den Nachhall ihrer Stimme und roch den vertrauten Duft, doch bis er wieder völlig bei Bewusstsein war, hatte sich beides verflüchtigt.
Er lag in einem Krankenhausbett.
Sein Körper schmerzte, als habe man ihn auf die Folter gespannt und stundenlang mit einem Knüppel auf ihn eingeschlagen, doch sein Verstand war völlig klar. Er musste daran denken, wie oft er auf der vergeblichen Suche nach Gabbis Geist den Schleier durchschritten hatte, und an seine Verzweiflung, wenn er wieder einmal unverrichteter Dinge zurückgekehrt war. Wie er hierhergekommen war und wo er sich befand, konnte er nur vermuten.
Der Raum war kahl und zweckmäßig. Aus der Tatsache,

dass er ein Zimmer für sich allein hatte, schloss er, dass es kein normales Krankenhaus war. Wahrscheinlich handelte es sich um eine Einrichtung des Ordens. Fragte sich nur, wo genau. Vielleicht würde ihm ja der Blick aus dem Fenster Aufschluss geben. Er schlug die Bettdecke zurück, schwang die Beine über den Bettrand und setzte sich auf. Er tat es langsam und vorsichtig, als traue er seinen Kräften nicht. Überrascht stellte er fest, wie leicht ihm die Bewegungen fielen. Obwohl er sich wie zerschlagen fühlte, gehorchte ihm sein Körper problemlos.

Er schaute an sich hinunter und dachte daran, wie krank und ausgezehrt er vor seiner letzten Fahrt ausgesehen hatte. Was er jetzt sah, veranlasste ihn, einen Blick in den Spiegel an der Wand zu werfen.

Er war wieder ganz gesund. Seine Haut schimmerte, sein Blick war lebhaft und klar. Durch die Tränensäcke unter den Augen wirkte er ein wenig müde, das war aber auch schon alles. Nichts erinnerte mehr an den lebenden Leichnam, der beim letzten Mal die Reise ins Jenseits angetreten hatte.

Es dauerte nur ein paar Sekunden, bis ihm die Erklärung einfiel.

Duncan.

Sein Teamkamerad musste ihn geheilt haben. Eine andere Möglichkeit gab es nicht.

Da er sich wieder ganz gesund fühlte, riss er die Elektroden ab, die auf seiner Brust klebten. Das würde bestimmt umgehend ein paar Krankenschwestern auf den

Plan rufen, doch das war ihm egal. Er hatte lange genug im Bett gelegen und brauchte Bewegung. Zum Schluss zog er sich behutsam die Kanüle aus dem rechten Handgelenk und warf sie zusammen mit den Elektroden hinter sich aufs Bett.

Er ging zu dem schmalen Schrank und holte sich ein paar Kleider heraus. Das Fenster hatte er ganz vergessen.

5

Unbemerkt von der Abendsonne, warteten die
drei Männer wie ein Echo im abgeschotteten
Konferenzraum zusammen, wo sie auf die Ankunft des Präsidenten Malden Simonson warteten. Er
hatte das Amt seines Vorgängers Michaels übernommen, nachdem er in einem heroischen Kampf und
Angriff auf die Küstenstation ums Leben gekommen
war.

Steg und Olsen warteten schon da, als Duncan kam, durch den Flur. Das kam natürlich überraschend für ihn, und
still saß er in sich gekehrt, doch angesichts von Colter
Duncans, oberhalb dessen die anderen nicht. Dorthin
schien nach Duncans mit der Rezeptor ein, begleitet
von einem kleinen breitgedehnten Mann in Standard-
Dienstuniform mit den Rangabzeichen eines Captains.
Warum sie den Männern des Intro-Teams gegenüber
bisher genommen hatten, hielt Colter der Rezeptor nicht
für eine Vorreden auf, sondern kam sofort zur Sache.

»Wir werden uns in einer heiklen Situation, die rasches

5

Unmittelbar vor der Abendandacht trafen die drei Sergeants von Echo im abgesicherten Konferenzraum zusammen, wo sie auf die Ankunft des Präzeptors Willem Johannson warteten. Er hatte das Amt von seinem Vorgänger Michaels übernommen, nachdem dieser drei Wochen zuvor bei dem Angriff auf die Kommandantur ums Leben gekommen war.

Riley und Olsen waren schon da, als Duncan kurz darauf eintraf. Das neue Mitglied des Echo-Teams wirkte still und in sich gekehrt, doch angesichts von Cades Zustand überraschte das die anderen nicht. Unmittelbar nach Duncan trat der Präzeptor ein, begleitet von einem kleinen, breitschultrigen Mann in Standard-Kampfuniform mit den Rangabzeichen eines Captains. Nachdem sie den Männern des Echo-Teams gegenüber Platz genommen hatten, hielt sich der Präzeptor nicht lange mit Vorreden auf, sondern kam sofort zur Sache.

»Wir befinden uns in einer heiklen Situation, die rasches

Handeln erfordert. Bravo und Delta sind in Argentinien beschäftigt, Alpha hat nur die halbe Mannstärke zur Verfügung, und Charlie befindet sich auf dem Heimweg von Moskau. Bleibt nur Echo. Ich weiß, dass Commander Williams zurzeit nicht einsatzfähig ist, aber Ihr Team ist dennoch unsere einzige Chance.«

Johannson war groß und dünn; beim Sprechen bewegte er unablässig seine langen Arme, was Duncan an eine Gottesanbeterin denken ließ. Ein Eindruck, der durch die gravitätische Haltung und das wichtigtuerische Gehabe des Mannes unterstrichen wurde. Duncan fand ihn auf Anhieb unsympathisch. Mit dem Wechsel ins Echo-Team war er gewiss ein Risiko eingegangen, doch er konnte sich nicht vorstellen, dass er gern für einen Mann wie Johannson gearbeitet hätte. Daher war er froh, dass er nicht mehr der Leibgarde des Präzeptors angehörte.

Riley ignorierte die unverhohlene Verachtung, mit der der Präzeptor den Namen des Echo-Teams aussprach, und nickte nur knapp.

Johannson wies auf den Mann neben sich: »Captain Mason gehört zur hiesigen Einheit. Er wird die Lagebesprechung leiten und Ihre Fragen beantworten. Captain Mason?«

Rein äußerlich war Mason das genaue Gegenteil von Johannson; er strahlte Erfahrung und Autorität aus. Mit den Worten »Danke, Sir« erhob er sich und ging hinüber zum Podium. Er stieg hinauf, zog eine kleine Fernbedienung aus der Tasche und schaltete damit den

Deckenprojektor ein. Auf der Leinwand erschien das Bild eines lächelnden Mannes in der schwarzen Kleidung eines katholischen Geistlichen. Er war etwa Anfang fünfzig, hatte volles dunkles Haar und die Sonnenbräune eines Menschen, der sich viel im Freien aufhält.

»Das ist Pater Juan Vargas, Jesuit und Archäologe. Er hat sein ganzes Leben mit Grabungen im Heiligen Land verbracht, um Hinweise auf das Leben Christi zu finden. Viele halten ihn für einen der besten Grabungsleiter unserer Zeit, und ihm sind unschätzbar wertvolle Funde zu verdanken, die die Erkenntnisse der Bibelforscher untermauern. Sei es die Entdeckung der Wohnstätte des Pontius Pilatus nahe Jerusalem oder die Erforschung von Geheimgängen unter der Festung Masada – Vargas gelangen die bedeutendsten archäologischen Entdeckungen der vergangenen vierzig Jahre.

Allerdings hat er auch Fehlschläge einstecken müssen. Ganze Expeditionen wurden nur auf Gerüchte hin durchgeführt. Erfolglose Unterfangen, die Unmengen an Fördergeldern verschlangen und nichts erbrachten als eine Handvoll Staub. Ob es die Suche nach der Arche Noah oder der Bundeslade war, kein Unternehmen war Vargas abenteuerlich genug.

Vor gut drei Jahren verschwand Vargas plötzlich nach einer ergebnislosen Grabung an der Küste des Toten Meeres. Manche behaupteten, er hielte sich irgendwo versteckt, um dem Zorn seiner Geldgeber zu entgehen. Andere waren der Meinung, dass seine Gesundheit den ständigen Strapazen der Expeditionen nicht mehr gewachsen gewesen sei. Wie auch immer, er verschwand spurlos, und niemand hat je wieder von ihm gehört. Bis vor neun Tagen.«

Ein neues Bild erschien auf der Leinwand. Es zeigte einen Mann in einem Krankenhausbett. Selbst mit dem von der Sonne verbrannten und den mehrere Tage alten Bartstoppeln war Pater Vargas deutlich zu erkennen.

»Letzten Mittwoch wurde Vargas aufgegriffen, als er in der Wüste bei Santa Limas in New Mexico herumirrte. Seinem Zustand nach zu urteilen, muss er mehrere Tage lang unterwegs gewesen sein. Er hatte einen schlimmen Sonnenbrand und war halb verdurstet. Da es in Santa Limas kein Krankenhaus gibt, brachten ihn die Einwohner zum örtlichen Priester. Als dieser herausfand, dass der entkräftete Mann ebenfalls ein Geistlicher war, wandte er sich an seinen Bischof, der Vargas einige Jahre zuvor in einem Seminar kennengelernt hatte. Er ließ ihn umgehend ins St. Margaret-Hospital, ein katholisches Privatkrankenhaus in Albuquerque, bringen. Nachdem Vargas' Zustand sich stabilisiert hatte, haben wir ...«

In diesem Augenblick öffnete sich die Tür zum Konferenzraum. Mason verstummte mitten im Satz und blickte überrascht auf, worauf sich auch die übrigen Männer umdrehten.

In der Tür stand Knight Commander Cade Williams.

Duncan und die anderen starrten ihn ungläubig an.

Noch zwei Stunden zuvor hatte Cade bewegungslos im

Bett gelegen, so schwach, dass er künstlich ernährt und mit Sauerstoff versorgt werden musste. Nach Aussage seines Arztes würde es noch mindestens einen Monat dauern, bis Cade aufstehen konnte. Eine Rückkehr zum Dienst kam noch viel länger nicht in Frage. Und doch stand er dort, anscheinend völlig genesen. Seine Gesichtszüge zeigten Spuren von Erschöpfung, und in seinen Augen lag ein gehetzter Ausdruck, doch die Haut hatte nicht mehr diesen ungesunden Gelbton, und die Wangen waren längst nicht mehr so eingefallen.

Er trat in den Raum und setzte sich neben Riley. Dann nickte er Captain Mason zur Begrüßung zu und wandte sich an den Präzeptor: »Entschuldigen Sie meine Verspätung, Sir. Ich war kurzzeitig verhindert.« Nur die raue Stimme, die so ganz anders klang als gewöhnlich, zeugte noch von der überstandenen Krankheit.

Präzeptor Johannson starrte Cade entgeistert an. Offenbar fielen ihm all die finsteren Gerüchte wieder ein, die sich um den Knight Commander rankten. Mehrmals setzte Johannson zum Sprechen an, brachte jedoch kein Wort heraus.

Das Schweigen zog sich schier endlos hin.

Auch Duncan schaute seinen Commander überrascht an. Ganz offensichtlich war er über Cades Anwesenheit ebenso verblüfft wie die Übrigen. Lange und hart hatte er neben dem Krankenbett mit seinem Gewissen gerungen, doch am Ende hatte er sich darauf beschränkt, für die Genesung des Knight Commanders zu beten. Nur mit Mühe hatte er der Versuchung widerstanden, ihm die Hände aufzulegen, dann jedoch entschieden, dass er seine Gabe nur im alleräußersten Notfall einsetzen durfte. Da Cade sich zwar in einem kritischen, jedoch nicht mehr lebensbedrohlichen Zustand befand, hatte Duncan lediglich ein Gebet für ihn gesprochen.

Und doch war Cade auf einmal da, offensichtlich gesund und gewillt, bei der nächsten Mission seines Teams dabei zu sein.

In Duncans Kopf wirbelten die Gedanken an Gebete, geheimnisvolle Kräfte und schicksalhafte Begebenheiten durcheinander.

Schließlich brach Captain Mason das Schweigen. Er hüstelte und sagte: »Schön, dass Sie bei uns sind, Knight Commander«, bevor er mit seinem Vortrag fortfuhr.

»Angesichts der besonderen Umstände bat man den Orden um Hilfe. Ein Drei-Mann-Team, zu dem auch ich gehörte, machte sich auf, um Pater Vargas zu befragen. Wir fanden ihn in einem Zustand vor, der zwischen manischer Unruhe und völliger Teilnahmslosigkeit schwankte. In seinen wachen Augenblicken, wenn man es überhaupt so nennen konnte, schrie und tobte er, murmelte wirres Zeug und zerrte an den Gurten, mit denen man ihn festgebunden hatte. Schließlich mussten die Pfleger ihm Beruhigungsmittel verabreichen, damit er sich nicht selbst verletzte.«

Olsen meldete sich. »Ergaben seine Worte irgendeinen Sinn?«

»Das meiste davon nicht. Es war ein unverständliches Kauderwelsch aus seltsamen Wörtern oder Lauten und ähnelte einer Sprache, aber einer, die wir noch nie gehört hatten. Wir haben die Bandmitschnitte später von Linguisten untersuchen lassen, weil wir dachten, es könnte sich um einen seltenen Dialekt handeln, aber Fehlanzeige. Falls es überhaupt eine Sprache war, dann ist sie völlig unbekannt.

Wir ließen Vargas in ein kirchliches Hospital in New York überführen, wo sein Verhalten rund um die Uhr beobachtet und auf Video aufgezeichnet wurde. Beim Abspielen der Bänder haben wir das hier entdeckt.«

Mason drückte auf einen Knopf der Fernbedienung und setzte damit auf der Leinwand hinter ihm eine Videoaufnahme in Gang. Sie zeigte Vargas, der auf dem Rücken in einem verstellbaren Bett lag. Seine Hände und Füße waren fixiert. Mit fest zugekniffenen Augen warf er den Kopf hin und her und stieß dabei unablässig ein sinnloses Gebrabbel aus. Das ging ein, zwei Minuten so weiter, und Duncan wollte gerade fragen, was daran so Besonderes wäre, als Vargas plötzlich ganz ruhig wurde. Langsam drehte er sein Gesicht zur Kamera und riss die Augen weit auf. Seine Worte waren auf einmal klar und deutlich.

»Er wartet auf euch. Dort im Garten. Er will euch die Wahrheit zeigen, wenn ihr nur den Mut habt, euch ihr zu stellen.«

An dieser Stelle hielt Mason das Band an, so dass Vargas weiter unbeweglich auf die Anwesenden starrte.

»Wir haben Aufzeichnungen von vier Tagen. Das hier war sein einziger klarer Moment.«

»Haben Sie eine Ahnung, wovon er da redet?«
Der Captain wandte sich an Riley. »Nein. Als er in der Nähe von Santa Limas aufgegriffen wurde, soll er von der Apokalypse gefaselt und Stellen aus der Offenbarung des Johannes zitiert haben. Daher nahmen die Ärzte an, es könnte sich hier um etwas Ähnliches handeln. Mit dem ›Garten‹ ist vielleicht der Garten Eden gemeint, und ›er‹ könnte die Schlange sein. Ich bin mir da nicht so sicher – andererseits habe ich auch keine bessere Idee.«
»Wenn Sie Vargas unter Beobachtung haben und er keine Gefahr darstellt, wofür brauchen Sie dann Echo?«, fragte Olsen.
»Darauf wird Captain Mason sofort zu sprechen kommen«, schaltete sich der Präzeptor ein. Es waren seine ersten Worte, seit Cade den Raum betreten hatte.
»Jawohl«, sagte Mason und fuhr fort: »Unsere Ärzte unterzogen Vargas einer eingehenden Untersuchung und entdeckten dabei etwas, das die Ärzte im St. Margaret-Hospital übersehen hatten. Auf die Innenseite von Vargas' Unterlippe wurden Zahlen tätowiert. Die Tätowierung ist unbeholfen und spiegelverkehrt, so als hätte Vargas sie mit Hilfe eines Spiegels selbst gemacht. Wir fanden heraus, dass es sich bei den Zahlen um GPS-Koordinaten handelt. Sie führten uns zu diesem Ort.«
Mit einem Klick auf die Fernbedienung erschien an Stelle von Vargas' verzerrtem Gesicht die Luftaufnah-

me einer Ansammlung von Gebäuden mitten in der Wüste. Der gesamte Komplex war weiträumig eingezäunt und nur über eine unbefestigte Straße zu erreichen.

»Es handelt sich um eine ehemalige Militärbasis, die etwa fünfzig Kilometer nördlich von Santa Limas versteckt in einem Canyon liegt und bereits nach dem Ende des Koreakrieges aufgegeben wurde. Unsere Nachforschungen haben ergeben, dass der Stützpunkt an eine Holdinggesellschaft mit Sitz auf den Cayman-Inseln vermietet wurde, und zwar vor drei Jahren, rund sechs Monate, nachdem Vargas von der Bildfläche verschwunden ist.«

»Sind Ihre Leute vor Ort gewesen?«, fragte Cade.

Zum ersten Mal wirkte Mason ein wenig unsicher. »Ja. Wir bezogen rund um den Komplex Stellung und schickten ein Aufklärungskommando hinein.« Er zögerte und schien seine Worte sorgfältig abzuwägen. »Sie ...« Mit einem Kopfschütteln blickte er zu Boden. »Keiner von dem Trupp hat überlebt.«

Einen Moment lang war es still im Raum.

»Könnten Sie das genauer erklären, Sir?«, fragte Cade.

Mason nickte. »Wir schickten ein Kommando von zehn Mann los. Sie waren durch Funk mit der Zentrale verbunden, so dass wir alles, was sie taten, zeitgleich hören und sehen konnten. Anfangs lief es gut. Die Männer durchsuchten die noch vorhandenen Gebäude und wollten schon wieder zurückkommen, da entdeckte einer von ihnen in der ehemaligen Fahrzeughalle eine

Luke im Boden. Sie schien zu einer unterirdischen Ebene zu führen.

Das Team machte Meldung, woraufhin ich den Befehl gab, die Suche fortzusetzen. Sie wollten gerade hintersteigen, als die ganze Aktion aus dem Ruder lief.

Plötzlich fiel die Videoüberwachung aus. Immerhin blieb die Abhörfunktion noch erhalten. Daher konnten wir mit anhören, wie ein paar von den Männern schrien und auf etwas feuerten, das anscheinend aus dem unterirdischen Gang aufgetaucht war und sie angriff. Dann brach der Kontakt vollständig ab.«

Mason verstummte. Der Verlust seiner Männer schien ihm noch immer nahezugehen. Nach einigen Sekunden hatte er sich offenbar wieder so weit gefasst, dass er weitersprechen konnte.

»Ein anderer Trupp machte sich bereit, in den Komplex einzudringen, als plötzlich einer der Männer herausgetaumelt kam. Corporal Jackson hatte den linken Arm verloren und eine klaffende Wunde in der Brust. Die Sanitäter kümmerten sich sofort um ihn, aber uns war klar, dass er nicht überleben würde.

Jackson war völlig hysterisch. Er schrie etwas von einem Tor zur Hölle und Dämonen, die daraus hervorgebrochen wären. Es gelang uns nicht, sinnvolle Informationen von ihm zu erhalten, bevor er starb.« Mason schaute die Anwesenden der Reihe nach an. »Ich weiß nicht, was er gesehen hat, doch es muss etwas gewesen sein, das ihn vor Angst um den Verstand brachte. Ihn nur davon reden zu hören hat schon gelangt. Außerdem verloren weitere neun Männer das Leben. Daraufhin beschlossen wir, dass sich das zweite Team bis auf weiteres bereithalten sollte, während schwere Geschütze in Stellung gebracht wurden.«

Noch einmal meldete sich Präzeptor Johannson zu Wort. »Und hier kommt das Echo-Team ins Spiel. Mein Befehl lautet, dass Sie mit Captain Mason dorthin fahren und herausfinden, was die Männer getötet hat. Wie Sie das schaffen, bleibt Ihnen überlassen.« Er wandte sich an Cade. »Fühlen Sie sich gesundheitlich dazu in der Lage, Commander?«

Cade nickte wortlos.

Das wunderte Duncan nicht. Er konnte sich einen Einsatz des Echo-Teams ohne seinen Commander gar nicht vorstellen. Außerdem würde kein Arzt der Welt Cade zurückhalten können, wenn sein Team in einen gefährlichen Einsatz geschickt wurde. Als er gerade wieder an die unverhoffte Genesung des Commanders dachte, zwinkerte Cade ihm verstohlen zu.

Gleich darauf war die Besprechung zu Ende, und die Männer verließen den Raum. Nur Duncan blieb wie angewurzelt sitzen.

Du lieber Himmel. Er glaubt, ich hätte ihn geheilt!, schoss es ihm durch den Kopf.

Aber wenn ich es nicht war, wer dann?

6

»Noch zwei Minuten, Sir.«

Die Worte des Piloten kamen so deutlich über die Sprechanlage, dass Cade sie nicht für seine Männer in den Sitzen hinter ihm zu wiederholen brauchte. Zwanzig Minuten zuvor waren sie auf dem Flugplatz von Albuquerque gelandet, wo drei Blackhawks auf sie warteten. Die Anwohner waren so sehr an das Kommen und Gehen auf dem Luftwaffenstützpunkt Kirtland gewöhnt, dass die Militärhubschrauber kein Aufsehen erregten. Cade und die übrigen Mitglieder seines Kommandoteams waren in die erste Maschine eingestiegen, Captain Mason und die Männer von Trupp Eins hatten die zweite genommen, und der dritte Blackhawk beförderte die Ausrüstung. Der Flug über die Wüste und durch ein Gewirr von Canyons verlief ohne Zwischenfälle.

Cade hatte noch einmal die Unterlagen der Einsatzbesprechung gelesen und wollte sie gerade wieder einstecken, als erneut die Stimme des Piloten ertönte.

»Was zum Teufel ist das?«

Als Cade aus dem Fenster schaute, stellte er fest, dass sie nicht länger dem verästelten Lauf eines Canyons folgten, sondern über ein weites, offenes Tal hinwegflogen. Eine einsame Ansammlung von Gebäuden, offenbar die verlassene Militärbasis, tauchte am Horizont auf. Östlich davon sah er mehrere mobile Einsatzzentralen und verschiedene andere Fahrzeuge. Von dort aus musste Masons Erkundungstrupp aufgebrochen sein. Doch es war nicht dieses provisorische Lager, auf das sich die Frage des Piloten bezog, sondern die Massen tiefschwarzer Gewitterwolken, die sich über der Anlage zusammengebraut hatten. Wie Wasserstrudel wirbelten sie durcheinander, durchzuckt von grünlich fahlen Blitzen. Ab und an fuhr ein gewaltiger Blitzschlag herab und schlug in den Metallzaun, der den Stützpunkt umgab, dass die Funken nur so sprühten.

Noch merkwürdiger war eine dunkle trichterförmige Ausstülpung, die bis auf die Erde hinabreichte. Sie schien die Quelle dieser unheimlichen Wolkenberge zu sein.

Solche Sturmwolken hatte Cade schon gesehen, doch niemals in dieser Welt. Sie hier, auf dieser Seite der Wirklichkeit, zu erblicken erfüllte ihn mit kaltem Grausen.

Aber zugleich empfand er eine eigentümliche Erregung. Diese Art von Wolken kamen in seinen immer wiederkehrenden Träumen vom Widersacher vor. Schon seit langem hatte Cade den Verdacht, dass es den Ort, den er in seinen Träumen sah, wirklich gab, sei es nun in

der wirklichen Welt oder hinter dem Schleier im Jenseits. Jetzt schien sein Verdacht sich zu bewahrheiten. Und wenn diese Wolken hier echt waren, dann würde es vielleicht endlich zum entscheidenden Kampf mit seinem Erzfeind kommen ...
»Werden die Dinger da von Ihren Messinstrumenten erfasst?«, fragte Cade. »Bewegt sich diese Röhre?«
Die Antwort des Piloten überraschte ihn. »Von den Messinstrumenten? Mann, das Ding ist nicht mal auf dem Radar zu sehen. Überzeugen Sie sich selbst.«
Es stimmte. Mit einem Blick erkannte Cade, dass der Radarschirm völlig leer war, als seien die Gewitterwolken gar nicht vorhanden. Wenn sie sich nur auf die Instrumente verlassen hätten, wären sie blindlings in den Trichter hineingeflogen.
»Können wir noch ein bisschen näher ran?«
Mit undurchdringlicher Miene blickte der Pilot ihn an, bevor er in nüchternem Ton antwortete: »Ja, das ginge schon. Aber das würde nur jemand tun, der nicht ganz bei ...«
»Dann los. Das ist ein Befehl«, unterbrach ihn Cade.
»Wie Sie meinen.« Während der Pilot Kurs auf das Wolkengebirge nahm, wandte sich Cade per Sprechfunk an die beiden anderen Hubschrauber.
»Blackbird Lead an Blackbird Flight.«
»Kommen, Lead.«
»Ich will mir diese Sturmwolken mal genauer ansehen. Ihr anderen geht runter und fangt an, die Ausrüstung auszuladen. Ich komme gleich nach.«

»Roger, Lead.«
»Verstanden, Lead. Runter und Nummer drei ausladen.«
»Blackbird Lead Ende.« Cade hängte das Mikrofon ein. Über die Sprechanlage informierte er die Männer hinter ihm, dass es ein wenig turbulent werden könnte, dann schnallte er seinen Gurt fester.
Der Pilot flog so nahe heran, wie er es nur wagte, damit Cade alles gründlich in Augenschein nehmen konnte. Die Maschine schwankte im Sog der trichterförmigen Wolke, doch der erfahrene Pilot schaffte es, den Hubschrauber auf Position zu halten. Von hier aus konnte Cade erkennen, dass die Ausstülpung tatsächlich unbeweglich war. Wie eine Röhre wuchs sie am hintersten Ende der alten Militärbasis aus dem Boden. Auf einer Höhe von etwa hundertzwanzig Metern verbreiterte sie sich zu einer wirbelnden Masse, wie Rauch, der sich an der Zimmerdecke verteilt. Der Erdboden war von dieser Stelle aus nicht zu sehen, daher konnte Cade nicht sagen, ob die Wolken eine natürliche Ursache hatten. Er glaubte es aber nicht.
Was immer das hier sein mochte, es bestand kaum ein Zweifel daran, dass es eine Verbindung zu Vargas gab, und Cade war fest entschlossen, das Geheimnis zu lüften.
Mit einem letzten Blick wandte er sich vom Fenster ab.
»Gut, ich habe genug gesehen. Jetzt nichts wie weg hier.«
»Mit dem größten Vergnügen.«

Aber in dem Augenblick, als der Pilot abdrehen wollte, packte eine Windböe den Helikopter wie mit einer Riesenfaust, fegte ihn durch die Luft und drehte ihn auf die Seite. Plötzlich wies das Fenster, durch das Cade gerade noch geschaut hatte, nach unten, und er starrte durch die Scheibe in die Tiefe. Über die Sprechanlage hörte er den Piloten fluchen, der verzweifelt versuchte, die Maschine wieder unter Kontrolle zu bekommen, bevor sie am Boden zerschellte.

Gerade als es so aussah, als würde es ihm gelingen, fuhr ein grünsilberner Blitz aus der Wolke über ihnen und schlug hinter der Passagierkabine in das Heck des Hubschraubers ein.

Unwillkürlich spannte Cade alle Muskeln an und wartete auf das Unvermeidliche, doch nichts geschah. Anscheinend hatte der Blitz keinen Schaden angerichtet. Es gelang dem Piloten, die Maschine wieder herumzudrehen, und alle atmeten erleichtert auf, als er Kurs auf den Landeplatz nahm.

Als sie an dem Wolkengebirge vorüberflogen, nahm Cade die Gelegenheit wahr, noch einen Blick aus dem Fenster zu werfen. Es schien mehr Bewegung in die Wolkenmassen gekommen zu sein, die nun noch heftiger durcheinanderwirbelten. Während er in die Wolken blickte, schien es ihm plötzlich, als forme sich in ihren dunklen Tiefen ein Gesicht, das ihn wütend und hasserfüllt anstarrte. Es war zutiefst beängstigend.

Da zuckte auch schon der nächste Blitz, noch gewaltiger als der erste. Und dann ein dritter und ein vierter.

Alle trafen mit unerbittlicher Genauigkeit den Heckrotor des Hubschraubers. Aus dem Steuerknüppel schlugen Funken, und der Pilot schrie vor Schreck auf, als vor ihm an der Instrumententafel elektrische Entladungen knisterten und leuchteten wie bei einem unheimlichen Elmsfeuer.

Zum zweiten Mal innerhalb von fünf Minuten verlor der Pilot die Kontrolle über seine Maschine.

Ein Alarmsignal heulte los, als der Heckrotor ausfiel und der Hubschrauber wie wild um seine eigene Achse zu kreiseln begann. Dicker schwarzer Rauch kündete von einem Brand irgendwo im Heck. Fieberhaft bemühte sich der Pilot, die Maschine zu stabilisieren und mitsamt den Passagieren heil runterzubringen.

Die Zeit schien stillzustehen. Cade fühlte sich seltsam losgelöst von der ganzen Situation. Er nahm den Tumult um ihn herum wahr und wusste, dass sie sich in Lebensgefahr befanden, doch seine Gedanken waren ausschließlich auf die höhnische Fratze in den Wolken gerichtet. Sie war so schnell wieder verschwunden, dass Cade sie den anderen nicht hatte zeigen können, doch es bestand kein Zweifel daran, dass er sie wirklich gesehen hatte.

»Blackbird Lead, wir kommen runter. Ich wiederhole, wir kommen runter.« Die Funkmeldung richtete sich zugleich an die Passagiere wie an die Einsatzzentrale am Boden.

»Festhalten!«, brüllte der Pilot, als der Helikopter unkontrolliert dem Erdboden entgegentrudelte.

Cade gehorchte. Noch ein paar wilde Drehungen, dann schlugen sie unmittelbar außerhalb der Umzäunung auf.
Cade wurde schwarz vor Augen.

Wenige Sekunden später kam er wieder zu sich. Vom Gurt gehalten, hing er noch immer in seinem Sitz, während neben ihm gerade der Pilot von einigen Helfern aus dem Wrack gezogen wurde. Ein wenig benommen gelang es Cade, sich selbst zu befreien. Auch den übrigen Männern weiter hinten im Hubschrauber waren bereits ein paar Einsatzkräfte zu Hilfe geeilt. Kaum dass er festen Boden unter den Füßen hatte, blickte Cade nach oben. Die Gewitterwolken waren noch immer da, wirbelnd und rotierend, doch das Gesicht war verschwunden.
Der Pilot verstand seine Sache wirklich, das musste Cade ihm lassen. Immerhin hatte er sie ziemlich heil nach unten gebracht. Bis auf ein paar Schnitte und Quetschungen und ein gebrochenes Bein beim Helden des Tages waren sie alle unversehrt.
Von dem Blackhawk war nicht mehr viel übrig. Das Heck war abgerissen, das Fahrwerk zertrümmert und der Hauptrotor beim Aufprall in tausend Teile zerborsten. Auf dem Weg zum wartenden Humvee, der sie zu dem in einem Trailer untergebrachten Behelfslazarett bringen sollte, dachte Cade darüber nach, was er da oben in den Wolken gesehen hatte.
Und was in den unterirdischen Gängen auf ihn wartete.

7

7

Sobald die Sanitäter sicher waren, dass Cade sich nichts ausgerenkt oder gebrochen hatte, durfte er das Lazarett verlassen. Er ging hinüber zu der 13 Meter langen mobilen Einsatzzentrale, die Mason und seinen Leuten als Operationsbasis diente.

Zwar hatte er dieses spezielle Modell noch nicht von innen gesehen, war aber mit derartigen Fahrzeugen vertraut. Während seiner Zeit beim Special Tactics and Operations Team in Boston hatte er sie bei Einsätzen benutzt und auch schon einige Male, seit er in den Orden eingetreten war.

Er selbst arbeitete zwar lieber von der geöffneten Hecktür seines Team-Geländewagens aus, doch für länger dauernde Einsätze war dieses große Fahrzeug unverzichtbar. Das betreffende Modell war auf ein Freightliner-Chassis montiert und mit einem 450-PS-Dieselmotor ausgestattet. Innen gab es Workstations für acht und Sitzplätze für elf Mann. Der Konferenzraum konnte 15 Leute fassen – wenn alle dicht zusammenrückten. Zur elektronischen Ausrüstung, die den Strom von einem 20-Kilowatt-Generator erhielt, gehörten Satelliten-Fernsehempfänger, Video-Überwachungskameras, die draußen auf einen zehn Meter hohen Teleskopmast montiert waren, UHF- und VHF-Radios, mobile Datencomputer und weitere Kommunikations- und Überwachungssysteme, die alle gegen Zugriffe von außen gesichert waren.

Zusätzlich verfügte die Zentrale über einen dreieinhalb Meter breiten ausfahrbaren Raum, in dem gerade zwei von Masons Männern an den Workstations saßen und Video-Feeds überprüften. Cade wollte sie schon fragen, was sie während des Hubschrauberabsturzes gesehen hatten, überlegte es sich dann aber anders. Da der Sturm nicht vom Radar erfasst worden war, konnte man ihn auf Video bestimmt nicht sehen.

Cade ging bis ans Ende des Fahrzeugs durch, wo man den Konferenztisch zusammengeklappt und beiseitegestellt hatte, um Raum für Masons höhere Offiziere und die Männer der beiden Echo-Trupps zu schaffen.

Jede dieser Kampfgruppen bestand aus vier Mann, die alle über verschiedene Spezialausbildungen verfügten. Trupp Eins, unter der Führung von Sergeant Manny Ortega, setzte sich aus Corporal Phil Davis und den Gefreiten Marco Chen und Joe Callavecchio zusammen. Zu Cades eigener Truppe, der Kommandoeinheit, gehörten Master Sergeant Riley sowie die Sergeants Olsen und Duncan. Sie waren eine absolute Eliteeinheit, und wenn überhaupt jemand diesen Auftrag erfüllen konnte, dann sie – davon war Cade überzeugt.

Vor ihrer Abreise aus der Kommandantur hatte jeder der Männer ausführliche Unterlagen zum bevorstehenden Einsatz erhalten, die unter anderem auf die Ziele und Fragen der Logistik eingingen. Seine Leute waren Profis, daher hatte Cade nicht die Absicht, sich länger als nötig mit den Einzelheiten aufzuhalten, sofern es keine speziellen Fragen gab. Die Einsatzbesprechung diente nur einem einzigen Zweck – den Männern noch einmal unmissverständlich klarzumachen, mit welch zerstörerischen Mächten sie es zu tun bekommen würden.

Es war höchste Zeit, an die Arbeit zu gehen.

»Also gut. Alle mal herhören«, sagte Cade, indem er auf das Podium stieg und die Anwesenden anschaute. »Ihr habt jetzt alle Gelegenheit gehabt, euch über den Auftrag zu informieren. Ich zweifle nicht daran, dass ihr ihn in gewohnt souveräner Weise erledigen werdet, dennoch möchte ich euch kurz erläutern, worauf wir uns hier einlassen.«

Der Plasmabildschirm hinter seinem Rücken wurde hell. »Was ihr gleich sehen werdet, sind die letzten paar Minuten, die Corporal Jacksons Helmkamera aufgezeichnet hat, nachdem sein Trupp vergeblich versucht hatte, in den unterirdischen Bereich des Stützpunktes einzudringen. Ich glaube, es wird euch interessieren.«

Die Aufzeichnung war von schlechter Qualität, voller Störungen und sehr dunkel. Die Kamera filmte von einer extrem niedrigen Position aus nach oben. Aus den abrupten Bewegungen konnte man schließen, dass Jackson bereits verwundet war und sich vor Schmerzen am Boden wand. Offenbar war er nicht mehr in der Lage, die Kamera gezielt auf ein bestimmtes Objekt zu richten, denn alle paar Sekunden veränderte sich der Blickwinkel. Das spielte jedoch keine Rolle, da Cade lediglich an einer einzigen Einstellung interessiert war. Als sie erschien, hielt er das Bild an.

Es zeigte einen von Jacksons Truppkameraden, der auf der anderen Seite des Raumes stand und auf etwas feuerte, das sich außerhalb des Sichtfeldes befand. Der Mann war zu weit entfernt, als dass man ihn hätte erkennen können, doch man sah und hörte deutlich, dass er aus Leibeskräften schrie. Sein Gebrüll übertönte selbst den Lärm des Gewehrfeuers.

»Jetzt schaut genau hin«, sagte Cade und gab ein Zeichen. Der Film lief weiter.

Die Zuschauer sahen, wie etwas von links ins Bild gestürmt kam, den Ritter wie ein Schatten umhüllte und ebenso schnell wieder verschwand. Allerdings nicht allein. Es nahm den Soldaten mit.

Cade ließ die Szene noch einmal mit normaler Geschwindigkeit abspielen und danach in Einzelbildsequenzen. Das brachte leider nicht viel; sie konnten nicht mehr Einzelheiten erkennen als zuvor. Die Erscheinung schien nichts anderes zu sein als ein körperloser Schatten. Aber einer, der es fertigbrachte, einen neunzig Kilo schweren Soldaten in voller Kampfmontur wegzuschleppen, während dieser ununterbrochen aus seiner Maschinenpistole auf das schattenhafte Wesen feuerte.

Als Cade das Band anhalten ließ, herrschte Schweigen. »Wir haben uns jeden Zentimeter Film haarklein, vorwärts und rückwärts, angesehen, aber um ehrlich zu sein, wir haben keine Ahnung, was das war. Auch Nachforschungen in den Archiv-Datenbanken des Ordens haben nichts ergeben. Und ich habe nicht vor, hier herumzusitzen und auf ein Wunder zu warten.

Wir müssen also selbst herausfinden, wer der unbekannte Feind ist. Dabei sind wir ganz auf uns gestellt und können nicht auf Verstärkung zählen, falls etwas schiefgeht.« Cade schaute seine Männer mit festem Blick an, bevor sich sein Gesicht zu einem breiten Grinsen verzog. »Aber wenn es ein Kinderspiel wäre, hätten sie uns ja gar nicht erst geholt«, sagte er.

Der kleine Scherz brachte ihm begeisterte Beifallsrufe ein. In Problemsituationen setzte der Orden seine Truppen ein, und wenn die nicht damit fertig wurden, riefen sie eine der Elite-Kampfgruppen zu Hilfe. Und die beste von ihnen war Echo.

Cade wandte sich an Olsen. »Wie lange brauchst du, um den NOMAD-Roboter fertig zu machen?«

Der Sergeant entgegnete ohne Zögern: »Eine halbe Stunde für die Hauptsysteme und dann noch mal eine Dreiviertelstunde für die Montage der Waffen. Sagen wir mal anderthalb Stunden, vielleicht weniger, wenn alles glattgeht.«

»Das reicht.« Erneut wandte sich Cade an die gesamte

Gruppe. »Zuerst lassen wir NOMAD die Örtlichkeiten erkunden, und wenn die Luft rein ist, gehen wir selbst hinein. Erst die Kommandoeinheit, dicht gefolgt von Trupp Eins. Noch Fragen?«

Da es keine gab, wurden die Männer entlassen, damit sie den Einsatz vorbereiten konnten. Duncan hatte schon vom Robotersystem des Ordens gehört, jedoch noch nie selbst damit gearbeitet. Daher fragte er Olsen, ob er bei den Vorbereitungen dabei sein durfte. Olsen, für jede Hilfe dankbar, erlaubte es ihm gern.

Bei dem *Near-autonomous Observation and Mobile Armament Delivery System*, kurz NOMAD, handelte es sich um eines der besten Roboter-Betriebssysteme, die in den vergangenen drei Jahren für den militärischen Bereich entwickelt worden waren. Der Orden hatte mehrere dieser kantigen, aber wendigen Geräte angeschafft, die klein genug waren, um in weniger als einen Meter breite Räume vorzudringen. Für eine volle Drehung benötigten sie knapp anderthalb Meter. Mit ihren verstärkten Laufflächen waren sie in der Lage, Gräben, Schwellen und Treppen zu überwinden, und auf dem etwa einen Meter hohen schwenkbaren Turm befanden sich optische und akustische Übertragungssysteme. Das Fahrzeug erreichte eine Höchstgeschwindigkeit von etwas über fünf Stundenkilometern.

Duncan und Olsen verbrachten fast eine Stunde damit, die Hauptkontrollsysteme zu testen, damit sie sicher sein konnten, dass der Roboter alle Befehle einwandfrei ausführte. NOMAD funktionierte mit Kabel oder über

Glasfasersystem, konnte jedoch bis zu einer Reichweite von 1000 Metern auch per Funk ferngesteuert werden, was dem Bediener einen ausreichenden Sicherheitsabstand bot. Da beim ersten Erkundungsversuch der Funkkontakt abgebrochen war, entschied sich Olsen für das Glasfasersystem. Nachdem sie die Bewegungsfunktionen überprüft hatten, testeten die beiden Männer die Optik des Geräts im sichtbaren, infraroten und ultravioletten Bereich. Alles funktionierte tadellos.
NOMAD besaß einen Gelenkarm, der bis auf sechs Meter ausgefahren und um 360 Grad gedreht werden konnte. An seinem Ende saßen zwei Greifzangen, die Gegenstände von bis zu 150 Kilo Gewicht packen und anheben konnten. Als Nächstes widmete sich Olsen den sieben Vorrichtungen, auf die die Waffen montiert werden konnten. Während sich Duncan weiter mit den Kontrollsystemen beschäftigte, erörterte Olsen über Funk mit Cade, welche Waffen sie auswählen sollten. Sie würden in einem geschlossenen Raum operieren und wussten nicht, gegen wen oder was sie eigentlich kämpfen mussten. Daher einigten sie sich auf Sprengsätze, die flexibel einsetzbar waren, im Ernstfall jedoch keinen allzu großen Schaden in der Umgebung anrichteten.
Angesichts dessen, was sie auf dem Video gesehen hatten, zweifelte keiner von ihnen daran, dass es zum Kampf kommen würde. Fragte sich nur, ob ihre Waffen dafür auch tauglich waren.

8

8

Captain Mason schlug vor, mit der Operation bis zum nächsten Morgen zu warten, doch Cade bestand darauf, sofort zu handeln. Er hatte den Verdacht, dass Mason ihn schonen wollte, weil er kaum zehn Stunden zuvor noch im Krankenhaus gelegen hatte. Wahrscheinlich hätte er sich an Stelle des Captains auch Sorgen gemacht, doch abgesehen von einer leichten Abgeschlagenheit fühlte sich Cade fit. Genau genommen ging es ihm besser als seit langem. Es bestand also kein Grund, den Erkundungseinsatz auf die lange Bank zu schieben, zumal zu befürchten war, dass der unbekannte Feind schon bald aus der Tiefe hervorbrechen und zum Angriff übergehen würde. Dieses Risiko wollte Cade nicht eingehen. Sobald NOMAD einsatzbereit war, ließ er das Team antreten. Jetzt hieß es, die Mission zu erfüllen, für die sie hergekommen waren.

Der Plan sah vor, dass sie mit zwei schweren Humvees auf das Gelände fahren sollten. Falls sie überraschend angegriffen wurden, boten die gepanzerten Fahrzeuge eine gewisse Sicherheit und eine schnelle Rückzugsmöglichkeit. Die Kommandoeinheit sollte im ersten, Trupp Eins im zweiten Wagen fahren. Auf dem Gelände der Militärbasis wollten sie etwa dreißig Meter vor dem Eingang zu dem Gebäude in Stellung gehen, in dem Masons Männer angegriffen worden waren, und von dort aus den NOMAD-Roboter in das Gebäude schicken. Wenn nichts Unvorhergesehenes geschah, würde Echo danach selbst hineingehen.

Die Männer beluden rasch die Humvees und stiegen ein. Jeweils ein Mann behielt von der Luke aus sowohl die Gewitterwolken als auch die Gebäude im Auge, die in der Nachmittagssonne lange Schatten warfen. Cade wollte verhindern, dass sein Team überrascht wurde. Denn dann würden sie in der Falle sitzen wie eine Schildkröte in ihrem Panzer. Daher ging er selbst im ersten Wagen auf Beobachtungsposten. Auf seinen Befehl hin ließ der Fahrer den Motor an, und der Wagen rumpelte los.

Das Team brachte die kurze Strecke bis zum Eingang ohne Zwischenfälle hinter sich. Das breite Tor stand offen, so wie es der unglückliche Erkundungstrupp hinterlassen hatte. Cade winkte die beiden Fahrzeuge durch. Rasch und unverhofft zuschlagen, darauf kommt es an, dachte er. Man muss den Feind überrumpeln. Er bemühte sich, den Gedanken an das Gesicht in den Wolken zu verdrängen. Dabei hatte er das unbehagliche Gefühl, dass der Feind über jeden ihrer Schritte Bescheid wusste.

Es gab insgesamt nur wenige Straßen auf dem ehemaligen Stützpunkt, und lediglich die Hauptstraße, die das Gelände wie eine Mittelachse teilte, war nicht vom Wüstensand zugeweht worden. Auf der rechten Seite lagen die Unterkünfte und Freizeiteinrichtungen, links die Verwaltungs- und Nebengebäude. Sämtliche Bauten befanden sich in schlechtem Zustand. Von den Wänden blätterte die Farbe, viele Dächer waren eingestürzt, und überall gähnten leere Fensterhöhlen. Jacksons Trupp hatte hier alles gründlich durchsucht und nichts Auffälliges gefunden. Cade war klar, dass sie sich auf das größere Gebäude konzentrieren mussten, das linker Hand etwa dreißig Meter entfernt vor ihnen lag. Aus den Videoaufnahmen wussten sie, dass in dieser Halle früher der Fuhrpark untergebracht war. An den Wänden befanden sich Reparaturbuchten mit Hebebühnen, alten Ölfässern und Regalen für Ersatzteile; der mittlere Bereich bot Platz für ein gutes Dutzend Pick-ups oder vergleichbare Fahrzeuge. Da die Aufzeichnungen des ersten Trupps nur bruchstückhaft erhalten waren, blieb unklar, wo Jackson und die anderen auf die verhängnisvolle Luke gestoßen waren. Es hatte so ausgesehen, als befände sie sich in einer der Buchten, doch das sollte mit Hilfe von NOMAD genauer untersucht werden.

Cade ließ den dunklen Wolkentrichter nicht aus den Augen, der in südlicher Richtung gut einhundert Meter von ihnen entfernt zwischen den Gebäuden aufragte. Vom Hubschrauber aus hatte er erkennen können, dass das Ding sich nicht von der Stelle bewegte, doch das hieß nicht, dass es auch so bleiben würde. Fast rechnete Cade damit, dass es jeden Augenblick wie ein Tornado losbrausen konnte. Ihn wunderte, dass nicht das geringste Geräusch zu hören war. Ein Wirbel dieser Größe müsste eigentlich ohrenbetäubend dröhnen, doch dieser hier war lautlos. Das lieferte Cade den letzten Beweis, dass es nicht mit rechten Dingen zuging.

Riley fuhr bis zum verabredeten Platz und drehte dann den Wagen in die Richtung, aus der sie gekommen waren, damit sie im Notfall schneller verschwinden konnten. Chen, der Fahrer von Trupp Eins, tat es ihm gleich, wobei er sein Fahrzeug etwa fünf Meter entfernt abstellte. Er wollte es dem Feind offenbar nicht so leicht machen, mit einem Schlag beide Wagen zu treffen.

Cade stieg von der Luke hinunter und ging nach vorne zum Beifahrersitz. Über Mikrofon meldete er sich in der Zentrale.

»Echo an Einsatzleitung. Wir sind am Ziel und starten jetzt Phase zwei.«

»Verstanden, Echo. Viel Glück!«

Wie Cade befürchtet hatte, war der Empfang schlecht, und sie würden sich nicht mehr lange über Breitbandfunk verständigen können. Bevor sie den Kontakt zum Einsatzleiter Mason vollends verloren, befahl er seinen Männern, auf das in die Helme eingebaute Tight-Beam-Kommunikationssystem umzuschalten. So würden sie

zumindest untereinander in Verbindung bleiben können, wenn der Funkkontakt zur Zentrale abbrach.
Als das geschehen war, befahl er ihnen, vor dem Fahrzeugschuppen im Halbkreis in Stellung zu gehen. Riley, Duncan und Cade bezogen Posten vor dem ersten Fahrzeug, wobei sie darauf achteten, nicht die Schusslinie von Wilson zu blockieren, der auf dem Turm des zweiten Wagens stand. Dann war es Zeit für Olsen, sich an die Arbeit zu machen.
Nachdem die Laderampe heruntergelassen worden war, kniete sich der Sergeant vor die Steuerkonsole und startete das seltsame Gefährt im Laderaum des Humvee. Mit lautem Brummen, das gleich darauf in ein kaum wahrnehmbares Summen überging, sprang der Motor von NOMAD an. Um kein Risiko einzugehen, vergewisserte Olsen sich noch einmal, dass das Glasfaserkabel für die Steuerung nicht verwickelt war. Dann steuerte er den Roboter über die Laderampe ins Freie.
Die Steuerung bestand aus drei LCD-Anzeigen – für die Bilder der Roboterkamera nach vorne, nach hinten und wechselweise zu beiden Seiten – sowie einem kleinen Joystick, wie er für Videospiele verwendet wurde. Der Steuerungskasten war ein wenig unhandlich, worüber sich Olsen jedes Mal ärgerte. Um den Roboter bequem für längere Zeit manövrieren zu können, war er gezwungen, sich vor den Kasten auf den Boden zu knien. Aus diesem Grund konnte er keine Waffe bedienen, doch er verließ sich darauf, dass die anderen

ihm Rückendeckung geben würden. Außerdem standen ihm im Notfall die Waffen von NOMAD zur Verfügung.

Das riesige Rolltor war beim vorherigen Erkundungsversuch ein Stück aufgeschoben und festgekeilt worden, was sich jetzt als praktisch erwies. Olsen ließ NOMAD bis kurz vor das Tor rollen und fuhr dann den Teleskoparm des Roboters mit der Kamera am Ende aus. So konnte er einen Blick ins Innere des Gebäudes werfen.

Olsen hatte erwartet, die Leichen von Jacksons Kameraden zu entdecken, die hier einige Tage zuvor umgekommen waren, doch zu seiner Überraschung war der Boden leer. Für eine bessere Rundumsicht schwenkte er den Roboterarm. Von den Fenstern hoch oben an den Wänden fiel Sonnenlicht in die Halle, doch die einzelnen Reparaturbuchten lagen im Schatten und konnten nicht eingesehen werden. Da das Sonnenlicht die Kamera blendete, konnte er auch nicht erkennen, ob sich möglicherweise jemand oder etwas oben auf dem Laufsteg verbarg.

Olsen rief Cade zu einer kurzen Lagebesprechung hinüber. Beide hielten sie nichts davon, die Männer bereits zu diesem Zeitpunkt hineinzuschicken. Besonders die Tatsache, dass die Leichen verschwunden waren, beunruhigte sie, denn es war ein Zeichen dafür, dass das Schattenwesen zumindest über eine rudimentäre Intelligenz verfügte und damit umso gefährlicher war. Vielleicht lag es ja in einer der Buchten auf der Lauer und

wartete nur darauf, dass seine Opfer ihm in die Fänge liefen.
Sie beschlossen, zunächst einmal NOMAD in das Gebäude zu schicken. Wenn der Roboter nichts aufspürte, würde Echo folgen.

9

9

Olsen lenkte NOMAD durch das halb geöffnete Garagentor in das Gebäude. Er ließ den Roboter bis in die Mitte der Halle fahren und dann anhalten. Alle Kameras waren eingeschaltet. Mit einer Drehung um 360 Grad verschaffte er sich einen Überblick.

Die Anlage sah genauso aus wie in der kurzen Videosequenz. In der Mitte war ein freier Raum, und an den Wänden befanden sich acht Wartungsbuchten, vier auf jeder Seite.

Wenn ich bloß wüsste, wonach wir suchen, dachte er.

Er schaltete die Videokameras von NOMAD auf Infrarot und ließ ihn eine weitere volle Drehung machen, um eventuelle Wärmeimpulse aufzuspüren.

Auf den Monitoren war nichts Ungewöhnliches zu sehen.

Olsen drückte leicht mit dem Daumen gegen einen der Steuerhebel, bis die Kamera auf die Decke gerichtet war. Doch auch hier ergab die Überprüfung weder bei sichtbarem Licht noch im Infrarotbereich ein Ergebnis.

»Scheint alles in Ordnung zu sein«, sagte er zu Cade, der ihm über die Schulter blickte.
»Gut, dann überprüf jetzt die Buchten. Fang auf der rechten Seite an und geh dann rüber nach links.«
»Verstanden.«
Olsen ließ NOMAD in die erste Bucht rechts fahren, um die Hebebühne herum und hinter die aufgestapelten Ölfässer an der Hinterwand. Mit dem Greifarm öffnete er die Türen des Werkzeugschranks und hob eine alte Plane in der Ecke hoch.
Da sich nichts Auffälliges fand, steuerte er NOMAD aus der ersten Bucht hinaus und inspizierte die anderen ebenso gründlich.
Schließlich kam er zur letzten Bucht auf der linken Seite.
Olsen hielt den Roboter vor der Bucht an und leuchtete wie zuvor bei den anderen das Innere mit dem Scheinwerfer aus. Hier gab es keine Hebebühne und weder Fässer noch Schränke. Stattdessen war eine Falltür in den Boden eingelassen, die Jackson und seine Kameraden bei ihrem glücklosen Unternehmen entdeckt hatten. Die Luke stand offen, so wie der Trupp sie hinterlassen hatte.
Olsen ließ die Steuerhebel los und lockerte die Finger, die sich während der Arbeit der letzten halben Stunde verkrampft hatten.
»Bring ihn näher ran«, sagte Cade. »Wir wollen mal einen Blick in die Luke werfen.«
Daraufhin ließ Olsen NOMAD bis auf etwa dreißig Zen-

timeter an die geöffnete Luke heranrollen. Mit Hilfe des ausgefahrenen Teleskoparms schauten sie hinein. Sie konnten gerade noch einen senkrechten Schacht erkennen, der sich in der Finsternis verlor, als plötzlich die Roboterkameras ausgingen.

»Was ist los?«

»Keine Ahnung«, antwortete Olsen. Er schaute nach, ob sich eines der Glasfaserkabel gelockert oder verheddert hatte, doch alle waren fest mit dem Steuerungskasten verbunden. Daraufhin überprüfte er, ob er selbst nicht versehentlich die Kameras ausgeschaltet hatte – ebenfalls negativ. Er empfing nach wie vor ein Signal von der Kamera, aber im Sucher war nichts zu erkennen.

»Schalt mal auf Infrarot«, sagte Cade.

Auch diese Funktion war ausgefallen. Da er Angst hatte, den Roboter zu verlieren, ließ Olsen ihn mit Vollgas von der Luke zurückfahren. Im gleichen Augenblick, als NOMAD die Bucht verließ, liefen alle Kameras wieder, als sei nichts geschehen.

»Soll ich mal durchchecken, ob es an der Software liegt?«, fragte er, doch der Commander schüttelte den Kopf.

»Ich glaube, es wird Zeit, dass wir selbst nachsehen.«

Cade bückte sich in die Fahrerkabine des Humvees und sandte einen letzten Funkspruch an Captain Mason, in der Hoffnung, dass er ihn noch empfangen konnte. Dann befahl der Anführer des Echo-Teams über den Helmfunk seinen Leuten, sich neben seinem Fahrzeug zu sammeln und für den Vorstoß in das Gebäude bereitzuhalten.

Als Erstes sollte die Kommandoeinheit hineingehen, wobei Ortegas Trupp Eins Deckung gab. Vor der Reparaturbucht sollte Trupp Eins mit dem Rücken zur Bucht im Halbkreis Aufstellung nehmen, während Cade und die anderen die Luke inspizierten.

Es war nicht gerade ein grandioser Plan, doch im Gegensatz zu Jacksons Trupp wären sie zumindest gewarnt, falls der Feind angriff.

Cade musterte die Männer, die sich um ihn geschart hatten. Er wollte sich vergewissern, dass sie innerlich für ihre Aufgabe gewappnet waren. Doch da konnte er unbesorgt sein; sie alle waren Profis und bereit, ins Dunkle vorzudringen und sich dem Unbekannten zu stellen. Riley schien Cades Gedanken erraten zu haben, denn er lächelte ihm kurz zu und lud seine MP durch, zum Zeichen, dass er bereit war.

Da entsicherte auch Cade seine Waffe und marschierte, umgeben von seinen Männern, auf das Gebäude zu.

10

Im Vergleich zu dem, was Jacksons Trupp einige Tage zuvor in der Fahrzeughalle begegnet war, begann der Einsatz für Echo eher unspektakulär. Sie vergewisserten sich rasch und gründlich, dass die von NOMAD übermittelten Informationen zutrafen und das Gebäude wirklich verlassen war.

Als er sicher war, dass kein Überraschungsangriff drohte, brachte Cade Trupp Eins in Stellung und betrat, dicht gefolgt von Duncan, Olsen und Riley, die linke hintere Reparaturbucht. Er gab den drei Männern mit Handzeichen zu verstehen, dass sie sich um die Luke herum postieren sollten, und bedeutete dem jungen Sergeant, die Dachbalken im Auge zu behalten. Er selbst näherte sich der offenen Luke direkt von vorn.

Bei jedem Schritt rechneten sie damit, dass etwas aus dem Schacht hervorschießen und sich auf sie stürzen könnte.

Doch nichts dergleichen geschah. Ungehindert erreichten sie den Schacht und leuchteten hinein. Die Öffnung hatte eine Kantenlänge von etwa einem Meter. An einer

Seite führte eine Reihe Trittsprossen hinunter in die Dunkelheit. Weder von dem Schattenwesen noch von den Leichen der vermissten Soldaten gab es die geringste Spur.

»Wir brauchen mehr Licht«, sagte Cade, worauf Riley einen chemischen Leuchtstab aus dem Gürtel zog, ihn durch Knicken der Kunststoffhülle aktivierte und in den Schacht warf. Nun konnten sie erkennen, dass die Leiter etwa zehn Meter tief bis auf den Grund reichte. An der ihr gegenüberliegenden Seite zweigte ein waagerechter Gang ab. Weiter war nichts zu sehen.

»Mir scheint, hier gibt es mehr, als man auf den ersten Blick sieht«, sagte Riley.

Cade nickte. »Also los, Jungs, es wird Zeit, dass wir was für unser Geld tun.« Er drehte sich um und deutete auf die einzelnen Mitglieder des Trupps. »Riley, du bildest die Vorhut. Duncan, du gibst ihm Rückendeckung. Und dich, Ortega, will ich als Nachhut. Hinter uns kommt keiner unbemerkt in den Schacht, verstanden?«

Der Angesprochene nickte.

»Sobald Riley und Duncan Entwarnung geben, folgen wir anderen ihnen und überprüfen, wohin dieser Gang führt. Und jetzt los!«

Der Leuchtstab war nur kurz aufgeflammt, gab jedoch noch genug Licht ab, dass sie die Sprossen erkennen konnten. Riley hängte sich die Waffe über die Schulter und begann den Abstieg, während die anderen ihm von oben Feuerschutz gaben. Als er ungefähr fünf Meter hinuntergestiegen war, folgte ihm Duncan.

Kurz darauf standen die beiden Männer am Boden des Schachtes. Wie bei Schnelleingreiftrupps der Templer üblich, waren ihre Waffen sowohl mit einer Laser-Zielvorrichtung als auch mit Side-LED-Lampen am Lauf ausgerüstet, die sie jetzt einschalteten, um den Bereich vor ihnen auszuleuchten.

Über Funk meldete sich Riley bei Cade. »Vor uns liegt ein Gang, der etwa zehn Meter geradeaus läuft und sich dann verbreitert. Wir schauen uns das mal an.«

»Verstanden. Wir kommen runter.«

Der große Master Sergeant ging weiter. Duncan hielt sich dicht hinter ihm. Ein paar Minuten später traten sie aus dem engen Gang auf eine Art Plattform, die an den Bahnsteig eines U-Bahnhofs erinnerte. Im rechten Winkel zu dem Gang, aus dem sie gekommen waren, zweigte ein weiterer größerer Tunnel ab, was den Eindruck noch verstärkte. Der Bahnsteig selbst war nur wenige Meter breit und endete an einer Wand. Als Duncan in den zweiten Tunnel hineinleuchtete, entdeckte er ein stabiles stählernes Gleis, das sich in der Dunkelheit verlor. Unter der Decke verliefen parallel dazu zwei Elektrokabel.

»Wofür zum Teufel brauchten die eine Einschienenbahn?«, fragte Riley laut. Im gleichen Augenblick kam er selbst auf die Antwort. Die Militärbasis oben war nur Tarnung gewesen. Die wirklich wichtigen Anlagen befanden sich hier unten, unter der Erde, verborgen vor den Kameras selbst der besten Spionagesatelliten.

Nachdem Cade und der Rest von Echo zur Vorhut gestoßen waren, beschlossen sie, weiter in den Tunnel vorzudringen. Riley und Duncan gingen ein kleines Stück voran. Die anderen folgten ihnen in einer Reihe, mit Cade an der Spitze und Ortega als Nachhut. Dabei wahrten sie den vorschriftsmäßigen Abstand von jeweils einem Meter fünfzig. Um möglichst viel Bewegungsfreiheit zu haben, hielten sie sich in der Mitte des Gangs.

Riley, der etwas Ähnliches wie einen New Yorker U-Bahntunnel erwartet hatte, war überrascht. Hier unter dem Wüstenboden war es kühl, aber trocken, und neben den Schienen lag erstaunlich wenig Schutt. Auch gab es keine Nagetiere. Um sie herum war nichts als Dunkelheit. Trotz des feinen, aber starken Lichtstrahls seiner Lampe bekam Riley langsam das Gefühl, in dieser Finsternis zu ersticken, die wie Wasser von allen Seiten auf ihn eindrang. Sie kroch ihm förmlich über den Körper. Es war gespenstisch ...

Riley schüttelte sich. *Reiß dich zusammen,* ermahnte er sich. *Seit du zwei warst, hast du keine Angst mehr im Dunkeln gehabt.* Aber es lag nicht allein an der Dunkelheit, so viel war sicher, sondern an dem, was sich vielleicht darin verbarg. Das Wesen auf Jacksons Video hatte ihn erschreckt wie kaum etwas je zuvor. Im Laufe der Jahre hatte er gegen alle möglichen übernatürlichen Kreaturen gekämpft, von Hexen und Werwölfen bis zu Wiedergängern und den Geistern Verstorbener. Doch nichts war ihm so unter die Haut gegangen wie das hier. Ein derartiges Wesen durfte es gar nicht geben.

Voller Abscheu dachte er daran, dass sich ein solches Geschöpf auf diesem Erdboden bewegte. Er fragte sich, wie er reagieren würde, wenn es ihm schließlich gegenüberstand.
Nicht gerade eine Begegnung, auf die er sich freute.
Etwa achthundert Meter weiter im Tunnel stießen sie auf den Zug. Das Ungetüm füllte fast den gesamten Gang aus; sein dunkler Scheinwerfer starrte wie das blinde Auge eines Zyklopen auf sie herab. Riley reckte die geschlossene Faust nach oben und gab der Gruppe damit das Zeichen stehenzubleiben. Das Team blieb dicht zusammen und wartete auf Rileys Entscheidung. Er ließ sich Zeit, bedachte gründlich die Situation und erwog verschiedene Vorgehensweisen. Der Zug war so breit, dass auf jeder Seite weniger als zwanzig Zentimeter Platz blieben. Da sie nicht wussten, wohin der Tunnel führte, hatte es wenig Sinn, zurückzugehen und nach einem anderen Zugang zu suchen. Was bedeutet, dass wir da durchmüssen, schloss Riley.
Die Vorstellung behagte ihm nicht. In dem engen, unbeleuchteten Zug säßen sie in der Falle, falls das Schattenwesen sie ausgerechnet hier überfiel.
Doch was blieb ihnen übrig, außer die ganze Aktion abzublasen? Sie mussten losgehen und das Beste hoffen.
Er konnte erkennen, dass die beiden breiten Frontscheiben der Lok zertrümmert waren. Duncan und er könnten ohne große Schwierigkeiten hineinklettern. Dann würden sie sich durch den ganzen Zug hindurcharbeiten

und einen Ausstieg am anderen Ende suchen. Erst dann durfte der Rest des Teams ihnen folgen.
Der Plan war nicht besonders ausgefeilt, aber besser als nichts. Er drehte sich halb zu den anderen um und informierte sie durch Handzeichen von seinem Vorhaben. Als Cade zustimmend nickte, trat Duncan neben Riley, und beide schlichen vorsichtig näher an den Zug heran.
Sie hockten sich zu beiden Seiten der Lok, die auf dem leicht abschüssigen Abschnitt ein wenig nach vorn geneigt stand. Auf Rileys Zeichen hin sprangen sie auf und leuchteten ins Innere des Wagens.
Er war leer.
Mit Erleichterung sah Riley, dass die Tür am anderen Ende der Lok geschlossen war. So würden sie es vielleicht rechtzeitig merken, falls sie angegriffen wurden.
Während Duncan ihm Deckung gab, schlug Riley mit dem Kolben seiner Maschinenpistole die restlichen spitzen Scherben aus dem Fensterrahmen. Dann hängte er sich die Waffe wieder um und zog sich durch das Fenster in die Lok. Drinnen war gerade genug Platz für die Steuervorrichtung und eine schmale Bank, auf der der Zugführer sitzen konnte. Der Boden war mit Splittern von Sicherheitsglas übersät.
Riley gab Duncan ein Zeichen und behielt die Tür im Auge, während sein Kamerad hereinkletterte. Geduckt lief Duncan dann durch die Lok zur Tür, darauf bedacht, dass sein Kopf nicht wie eine Zielscheibe im

Fensterrahmen auftauchte. Er legte die Hand auf den Türgriff.

Riley richtete seine Waffe auf die Tür und nickte.

Als Duncan die Tür aufriss, leuchtete der Master Sergeant ins Innere des ersten Waggons.

Er ähnelte einem gewöhnlichen Straßenbahnwagen mit Sitzbänken auf beiden Seiten und mehreren Haltestangen. Durch eine Tür am anderen Ende gelangte man in den nächsten Wagen. Mit einem raschen Blick nach links und rechts schlüpfte Duncan hindurch. Auch dieser Waggon war leer. Die beiden Männer durchquerten ihn und betraten den nächsten Waggon, wobei diesmal Riley vorging. Hier im dritten Waggon gab es das erste Problem. Rileys Lampe wurde immer schwächer und erlosch schließlich.

»Jetzt ist nicht der richtige Zeitpunkt für dumme Späße«, flüsterte Duncan hinter ihm.

Riley schüttelte den Kopf. »Ich mache keine Späße«, zischte er zurück. Er schlug ein paar Mal sachte mit der Hand gegen die Lampe, aber es nutzte nichts. Das Licht ging nicht wieder an. »Sieht aus, als wäre sie kaputt. Am besten gehst du voraus.«

Sie wechselten die Plätze und drangen im Schein von Duncans Lampe bis zur Tür des nächsten Waggons vor. Riley postierte sich neben dem Durchgang, die Hand auf dem Griff. Duncan blieb ein paar Schritte von der Tür entfernt stehen, den Lauf seiner HK MP5 mitten darauf gerichtet.

»Fertig?«

Als Duncan nickte, riss Riley die Tür auf.
Im selben Augenblick flackerte das Licht an Duncans Pistolenlauf einmal kurz auf und verlosch ebenfalls.
Die Männer standen in pechschwarzer Finsternis.
»Scheiße!«, fluchte der große Sergeant. Dieses für ihn völlig untypische Verhalten verriet seinem Partner, wie nervös Riley war. Der enge Waggon, die ständige Anspannung, die Ungewissheit, ob der unheimliche Gegner hinter der nächsten Ecke auf sie lauerte – all das setzte den Männer immens zu.
Die plötzliche Dunkelheit machte die Sache nicht angenehmer.
Doch sie sollte nicht ihr einziges Problem bleiben. Noch bevor die beiden einen klaren Gedanken fassen konnten, begann im hinteren Teil des Waggons ein grünliches Licht zu pulsieren. In seinem Schein sahen sie, wie einige Gestalten durch den Mittelgang auf sie zukamen.
»Feindkontakt!«, schrie Duncan in das Helmmikrofon und alarmierte damit den Rest des Echo-Teams, der vor dem Zug wartete. Dann eröffneten er und Riley das Feuer.

11

Unruhig lief Captain Mason in der engen Einsatzzentrale auf und ab. Zwei Stunden war es jetzt her, dass er den letzten verstümmelten Funkspruch von Echo empfangen hatte, und seine Sorge wuchs von Minute zu Minute. Im Grunde verlief alles nach Plan. Sie hatten damit gerechnet, dass der Funkkontakt abbrechen würde, sobald der Trupp erst einmal in die unterirdischen Gänge eingedrungen wäre, und die von Cade Williams gesetzte Frist war noch lange nicht abgelaufen.

Dennoch war Mason besorgt.

Ihm war nicht wohl bei dieser Sache. Seit Pater Vargas aus der Wüste aufgetaucht war wie ein alttestamentarischer Prophet und dieses mysteriöse Phantom Masons Aufklärungstrupp abgeschlachtet hatte, versuchte er zu begreifen, was eigentlich vor sich ging. Doch immer schienen ihm die Ereignisse einen Schritt voraus zu sein, eine Situation, die ein erfahrener Soldat wie er von ganzem Herzen verabscheute.

Er musste sich eingestehen, dass Knight Commander

Williams ihn überrascht hatte. Diesem Mann eilte ein gewisser Ruf voraus, und daher hatte Mason eine Art Glücksritter erwartet, der Regeln nach Gutdünken auslegte und handelte, wie es ihm in den Kram passte. Doch Williams war genau das Gegenteil. Er plante so sorgfältig, wie es die Situation zuließ, und schien ehrlich besorgt um das Wohlergehen seiner Untergebenen. Ein tüchtiger Soldat, der eine heikle Mission mit Geschick und Bedacht anging.

Doch das Vertrauen in Commander Williams Fähigkeiten reichte nicht aus, um Masons Nerven zu beruhigen. Schon immer war es ihm schwergefallen, tatenlos herumzustehen und abzuwarten.

Da ging die Tür zum Einsatzzentrum auf und einer seiner Männer steckte den Kopf hinein.

»Sir? Ich glaube, Sie sollten sich das da draußen mal ansehen ...«

Mit diesen Worten verschwand der Gefreite Chen eilig wieder. Mason folgte ihm und trat genau im richtigen Moment durch die Tür.

Seit das Echo-Team in den Untergrund hinabgestiegen war, hatten sich die Sturmwolken, die aus dem Wirbeltrichter quollen, über das ganze Gelände ausgebreitet. Gerade als Mason hinaufschaute, erreichten sie die Südseite des Stützpunktes, wo sich die Einsatzzentrale befand. Die Wolkenfront trieb bis zum Zaun und hielt dann abrupt inne, als sei sie an ein Hindernis gestoßen.

»So ging das jetzt schon ein paar Mal«, teilte ihm Chen

mit, ohne den Blick vom Himmel zu wenden. »Es sieht aus, als käme sie einfach nicht über die Grenzen des Geländes hinweg.«

Etwas Bedrohliches lag in der Luft. Ein Gefühl, das Mason an seine Kindheit in Alabama erinnerte, wenn die Wirbelstürme wie Racheengel aus dem Nichts auftauchten, mit Urgewalt Menschen und Gegenstände mit sich rissen oder ebenso plötzlich ihren Weg änderten und die Häuser ungeschoren ließen. Es war ein Gefühl wie kurz vor dem Sturm. Es zerrte an den Nerven und jagte einem Schauer über den Rücken, als wollte es sagen: DAS BÖSE KOMMT NÄHER.

Noch immer zuckten dieselben grünlichsilbernen Blitze durch die Wolken wie seit Tagen. Sie erinnerten an wilde Tiere, die in ihrem Käfig wüten und auszubrechen versuchen. Allein die sonderbare Farbe erschien Captain Mason unheimlich. Gerade als er hinsah, schlugen einige besonders gewaltige Blitze in das Haupttor ein, rissen es aus den Angeln und wirbelten es durch die Wüste davon, bis es am sturmdunklen Horizont verschwand.

Chen schaute auf seine Uhr und zählte leise.

»So langsam ... müsste es eigentlich ... Jetzt!«

Da dröhnte auch schon ein Donnerschlag über das Land, als würde ein riesiger Hammer auf den Amboss niedersausen. Es war so laut, dass sich Mason die Ohren zuhielt, doch noch immer blickte er wie gebannt zum Himmel. Zum Glück – denn in diesem Augenblick geschah etwas Ungeheuerliches. In Windeseile zog sich der Sturm zurück, und die Wolken verschwanden, wie bei der Videoaufnahme einer Explosion, die rückwärts abgespielt wird. Währenddessen krachten die Donnerschläge mit unverminderter Wucht.

Dann hörten sie plötzlich auf, und es wurde totenstill. Die Sturmwolken hatten sich wieder auf den kleinen Bereich um die schwarze Wolkensäule herum zurückgezogen. Selbst die Blitze schienen eine Atempause einzulegen, denn Mason konnte nur noch ein paar kleine ausmachen, die tief in den Wolken aufflackerten.

Der Captain beobachtete perplex dieses Schauspiel.

»Was hat das zu bedeuten?«, fragte er zögernd, als würde er die Antwort lieber nicht hören.

»Wenn es so geht wie beim letzten Mal, dann dauert es ein paar Minuten, bis es genug Kraft für einen neuen Versuch gesammelt hat«, erwiderte Chen.

Instinktiv wusste der Captain, dass Chen recht hatte. Der Sturm, oder was immer das da war, würde wieder und wieder gegen die Barriere anrennen, bis er sich schließlich befreit hätte.

Und dann würde das Unheil über sie hereinbrechen.

»Behalten Sie die Lage im Auge, Gefreiter, und lassen Sie mich wissen, wenn es etwas Neues gibt.«

»Ja, Sir!«

Im Weggehen hörte Mason, wie der Sturm hinter ihm grollte.

12

»Feuer einstellen! Feuer einstellen!«

Cades Stimme übertönte den Lärm der Schüsse. Die beiden Sergeants folgten seinem Befehl, nahmen den Finger vom Abzug und senkten den Lauf ihrer Maschinenpistole. Als der Rest des Teams eintraf, war das wabernde grüne Licht erloschen und der vermeintliche Feind in der Dunkelheit verschwunden.

Cade drängte sich zwischen Duncan und Riley hindurch und blickte auf die Szene vor ihm, die nur von dem feinen Lichtstrahl an seiner Waffe erhellt wurde.

»Licht!«, rief er. »Wir brauchen mehr Licht!«

Die Männer reichten Scheinwerfer nach vorne durch. Als das Licht hell aufflammte, wurde ihnen klar, um wen es sich bei den Angreifern handelte.

Es war Trupp D, dritter Zug.

Jacksons vermisste Teamkameraden.

Cade ging zwischen den Leichen umher und nahm sie in Augenschein. Es zeigte sich, dass man die Toten aufrecht an die Haltestangen gebunden und ihre seitlich ausgestreckten Arme an den Querverstrebungen befestigt hatte. Nicht einmal die Schüsse des Echo-Teams hatten sie aus ihren Fesseln reißen können. Vor dem Hintergrund des pulsierenden grünen Lichts hatte es den Anschein gehabt, als bewegten sie sich vorwärts.

Es war ein schauriger Anblick, der die Männer umso mehr schockierte, weil sich jemand so grausam der Toten bedient hatte. Was wollte der Feind mit solch einem Manöver erreichen? Warum hatte er die Leichen hier hinunter ins Dunkel geschleppt und sie für eine Staffage benutzt, die nie jemand zu Gesicht bekommen würde?

Es sei denn, er hatte gewusst, dass Echo eintreffen würde.

»Ziemlich kranker Sinn für Humor«, sagte Ortega leise aus dem Hintergrund. Seine Bemerkung traf Cade wie ein Blitz. Konnte das möglich sein? War das vielleicht wirklich ein schlechter Scherz? Ein Versuch, sie nervös zu machen und aus der Fassung zu bringen?

Alles in allem waren es neun Leichen. Wenn man Jackson hinzurechnete, war der Verbleib des gesamten Trupps nun geklärt. Cade beleuchtete die Toten der Reihe nach, als suche er jemand Bestimmten. Als er ihn gefunden hatte, zog er sein Messer und schnitt behutsam die Stricke durch, die den Körper hielten. Schon waren Duncan und Riley neben ihm und halfen ihm, den Mann sanft auf den Boden des Waggons gleiten zu lassen.

Auf dem Namensschild an seiner Uniformjacke stand

Stoddard. In den Personalunterlagen des dritten Zuges hatte Cade gelesen, dass dies der Lieutenant war, der die Patrouille angeführt hatte. Falls er sich recht erinnerte, war der Soldat erst 28 oder 29 gewesen, doch das konnte man kaum glauben, wenn man ihn ansah. Sein Gesicht war eingefallen, die ehemals glatte Haut grau und runzelig. Seine Augen traten aus den Höhlen, und seine Lippen waren in einer Stellung erstarrt, als wollten sie ein »O« formen – ob vor Entsetzen oder Überraschung wusste Cade nicht. Noch bemerkenswerter war die Tatsache, dass das früher schwarze Haar des Mannes schneeweiß war.

Ein kurzer Blick auf die anderen Leichen zeigte, dass sie sich in einem ähnlichen Zustand befanden.

»Was meinst du, Boss?«, fragte Riley, ohne die dunklen Ecken und Winkel um sie herum aus den Augen zu lassen. »Könnte es ein Unhold gewesen sein? Oder vielleicht eine Horde Chiang Shih?«

Cade hockte sich auf die Fersen und schüttelte den Kopf. »Ein Unhold wohl kaum. Die sind in den USA seit fünfzig Jahren nicht mehr gesichtet worden. Und außerdem ist das hier nicht die richtige Umgebung für sie. Ich nehme fast an, dass es Chiang Shih waren«, sagte er und dachte an die vampirähnlichen Kreaturen der chinesischen Sage. »Dagegen spricht allerdings, dass die Männer hier noch ihre Augen haben. Darüber machen sich diese Wesen nämlich zuerst her.«

»Womit wir wieder am Anfang wären«, sagte Olsen.

Cade wandte sich erneut Stoddard zu und untersuchte

den Soldaten auf Verletzungen. Er wies einige Einschusswunden auf, doch da kein Blut ausgetreten war, waren sie ihm erst nach seinem Tod, zweifellos von Duncan und Riley, zugefügt worden. Aber das war alles. Er zeigte keine Verletzungen, die als Todesursache in Frage kamen. Das einzig Bemerkenswerte war das Aussehen seines Gesichts. Es schien, als habe ihm etwas die Lebenskraft ausgesaugt.

Was könnte das nur gewesen sein? Die üblichen Verdächtigen schieden aus, also handelte es sich vielleicht um eine neue Spezies, mit der sie es noch nie zu tun gehabt hatten. Cade war versucht, seine Handschuhe auszuziehen und es mit seiner Gabe zu versuchen, jener psychometrischen Kraft, über die er seit seiner Begegnung mit dem Widersacher vor sieben Jahren verfügte. Aber es wäre wohl zwecklos gewesen. Die Körper befanden sich jetzt schon seit mehr als achtundvierzig Stunden hier unten; da war jede Spur von Information längst verflogen.

Eine Bewegung zu seiner Linken erregte Cades Aufmerksamkeit. Duncan schickte sich an, mit seinem Kampfmesser die übrigen Leichen ebenfalls abzuschneiden. Rasch erhob sich Cade und hielt Duncans Arm fest. »Dafür ist jetzt keine Zeit«, sagte er. »Wir müssen weiter.«

»Aber wir können sie doch hier nicht so hängen lassen!«, widersprach der junge Sergeant mit gedämpfter Stimme.

Behutsam drehte Cade ihn zu sich herum, weg von den

Leichen, und sagte: »Es muss sein. Wir haben nicht genug Leute, um die Gefallenen zu bewachen, und keine Zeit, sie nach oben zu schaffen.« Duncan öffnete den Mund, um zu protestieren, doch Cade schüttelte den Kopf und fuhr fort: »Es ist nur vorübergehend, Duncan. Das verspreche ich dir. Erst müssen wir unseren Auftrag erledigen, aber dann kommen wir wieder her und sorgen dafür, dass die Jungs mit allen Ehren bestattet werden. Mein Wort drauf.«
Zögernd nickte Duncan. Ob es ihm nun passte oder nicht, er wusste, dass der Commander recht hatte; ihnen blieb keine Wahl.
Cade befahl Olsen, den gefallenen Ordensrittern die Siegelringe abzunehmen. Er wollte sie Captain Mason als Beweis übergeben, falls in ihrer Abwesenheit etwas mit den Leichen geschah.
Als das erledigt war, setzte sich das Team erneut in Bewegung. Ohne weitere Zwischenfälle durchquerten die Männer den Zug und verließen ihn durch die Hintertür des letzten Waggons.
Vor ihnen gähnte der finstere Tunnel. Mit Olsen und Cade an der Spitze setzten sie ihren Weg fort.

Hinter ihnen in dem dunklen Waggon richtete sich eine der Leichen auf und kam auf die Beine. Der Tote ging bis zum Ende des Zuges und starrte in die Richtung, in der das Echo-Team nur wenige Minuten zuvor verschwunden war. Dabei arbeitete es heftig in seinem Gesicht. Sein Fleisch verformte sich wie eine weiche

Masse, klumpte zusammen, beulte und dehnte sich, wobei immer wieder neue Züge entstanden. Endlich schien die Entscheidung gefallen; das Fleisch erstarrte und bildete ein neues Gesicht. Ein Auge war stahlgrau, das andere starrte milchig weiß aus einem hageren Gesicht mit schroffen Zügen. Vom rechten Ohr bis zum Kinn zog sich ein breiter Streifen Narbengewebe, nur unvollkommen verdeckt durch das Kopfhaar.

Zufrieden mit seiner neuen Erscheinung stieg der Herr von Eden vom Zug herab und folgte den Männern des Echo-Teams, hinein in die Finsternis seiner derzeitigen Behausung.

13

Als die Männer von Echo aus dem Tunnel traten, fanden sie sich auf einem weiteren unterirdischen Bahnhof wieder. Der Bahnsteig sah genauso aus wie der am anderen Ende, doch an Stelle des Schachtes, der an die Oberfläche führte, gab es hier eine Sicherheitstür aus Stahl. Die Männer traten näher, um einen genaueren Blick darauf zu werfen, da bemerkten sie über der Tür eine Inschrift auf Hebräisch.
»Und Gott der HERR pflanzte einen Garten in Eden gegen Osten hin und setzte den Menschen hinein, den er gemacht hatte«, übersetzte Cade für einige der anderen. Jeder Ordensritter beherrschte Latein, doch mit dem Althebräischen war es etwas anderes. »1. Buch Mose, 2,8.« Die Worte waren offensichtlich erst vor kurzem mit einer Lötlampe in den Stahl eingebrannt worden.
Er dachte über die Inschrift nach. Was hatte ein Vers aus der Schöpfungsgeschichte an diesem Ort zu bedeuten? War das hier der Garten Eden für Vargas gewesen, sein Paradies auf Erden? Oder hatte der Pater damit sagen wollen, dass alles, was er hier tat, auf Geheiß

Gottes geschah? Cade wusste es nicht. Doch ohne dass er hätte sagen können warum, beunruhigten ihn die Worte zutiefst.

Neben der Tür befand sich auf Brusthöhe ein Tastenfeld mit Zahlen. Wie häufig im Hochsicherheitsbereich ziviler und militärischer Anlagen erhielt nur derjenige Zutritt, der einen neunstelligen Code eingab. Die Anzahl der möglichen Ziffernkombinationen war astronomisch hoch; daher ließ sich die richtige Zahl unmöglich erraten.

Cade drückte versuchsweise auf einige Tasten – ohne Erfolg. Der Bildschirm neben der Tür blieb dunkel. Daraufhin winkte er Olsen heran und sagte zu ihm: »Sieh mal zu, ob wir hier reinkommen.«

Der Sergeant zog ein Mehrzweckwerkzeug aus seinem Gürtel und öffnete rasch die Bedienungstafel. Er brauchte nur wenige Minuten, um einen Handcomputer an die Kabel anzuschließen. Als er ihn einschaltete, probierte der Computer alle möglichen Ziffernkombinationen durch. Der Bildschirm neben dem Tastenfeld leuchtete rot, als die Zahlen vorbeirasten, so lange, bis die richtige neunstellige Kombination gefunden war. Der Bildschirm wurde grün, und irgendwo im Inneren der Tür machte es »klick«.

»Jetzt müsste es eigentlich gehen«, sagte Olsen, während er den Computer wieder von den Leitungen trennte und einsteckte. »Kann mir mal jemand helfen?« Er schob die Klinge seines Kampfmessers zwischen die Türflügel und drückte sie ein Stück auseinander. Dann

schob er sie mit Chens Hilfe ganz auf. Hinter der Tür war es dunkel. Stickige, verbrauchte Luft schlug ihnen entgegen, wie aus einer Grabkammer, die seit Jahrhunderten verschlossen war. Ohne Strom funktionierte die Belüftungsanlage nicht.
Im Schein von Olsens Lampe konnte man einen etwa zehn Meter langen Korridor erkennen, der zu einem Aufzug führte. Die Türen zum Fahrstuhlschacht standen offen.
Auf Cades Nicken hin ging Olsen voraus, dicht gefolgt von Riley. Ungefähr drei Meter vor dem Aufzug gingen die beiden in die Hocke und untersuchten die unmittelbare Umgebung. Dann sprangen sie auf, machten ein paar Schritte bis zum Fahrstuhlschacht und drückten sich links und rechts daneben an die Wand. Nach ein paar Sekunden drehten sie sich gleichzeitig um und leuchteten in den Schacht hinein. Riley schaute hinauf, während Olsen den Lichtstrahl seiner Lampe nach unten richtete.
Gleich darauf hörte Cade erst Rileys, dann Olsens Stimme über Funk: »Alles klar«, meldeten beide.
Daraufhin schlossen Cade und der Rest des Teams zu den beiden Männern auf. Die Aufzugtüren waren so weit geöffnet, dass Riley und Olsen nebeneinander in der Türöffnung stehen konnten. Der Schacht selbst war leer. Die Aufzugkabine befand sich etwa vier Stockwerke tiefer am Boden des Schachts. Auf dem Dach der Kabine lagen die Kabel lose zusammengerollt wie ein Schlangennest. Zumindest konnten die Männer sicher

sein, dass der Aufzug sich nicht plötzlich nach oben in Bewegung setzte. Ob er überhaupt noch funktionstüchtig war, ließ sich auf die Entfernung nicht beurteilen.
»Was haltet ihr davon?«, fragte Cade mit einem Blick in den Schacht.
»Der Generator muss da unten sein«, antwortete ihm Olsen. »Wenn wir uns hier richtig umsehen wollen, müssen wir den Strom wieder einschalten. Ich bin dafür, dass wir runtergehen.«
Cade sah Riley fragend an.
»Ganz meine Meinung«, sagte der. »Es wäre wesentlich leichter, wenn wir hier Licht hätten. Außerdem brauchen wir Strom, um uns in die Computeranlage einzuloggen, wenn wir sie erst einmal gefunden haben.«
Nach kurzem Überlegen nickte Cade. Die Männer hatten recht. Er gab Davis Anweisung, weiter vorn im Korridor Wache zu halten, während Riley und Olsen am Aufzugschacht in Stellung gehen und den Abstieg ihrer Kameraden sichern sollten. Sie holten verstärkte Nylonseile aus ihrem Gepäck, befestigten sie in den dafür vorgesehenen Halterungen an ihrer Rüstung und nahmen zu beiden Seiten der Tür Aufstellung, die Füße fest gegen die Wand gestemmt. Das andere Ende des Seils warfen sie in den Fahrstuhlschacht hinab, wo es auf das Dach der Kabine fiel.
»Chen, Ortega – ihr zuerst«, sagte Cade.
Die Angesprochenen hängten sich ihre Waffen um und seilten sich dann langsam in den Schacht ab, wobei sie sich mit den Füßen an der Wand abstützten. Mit der

Waffe im Anschlag postierte sich Cade an der Kante des Schachts und sicherte ihren Abstieg. An der Kabine angekommen, prüfte Chen sorgfältig, ob das Dach ihr Gewicht trug. Nachdem er sich vergewissert hatte, ruckte er zweimal am Seil und trat beiseite. Ortega tat es ihm gleich.
»Mach mal Meldung, Chen«, sagte Cade über Funk.
»Sieht gut aus, Commander. Die Kabine ist intakt und hat eine Dachluke. Wir werden sie jetzt öffnen.«
Cade sah von oben aus zu, wie sie die Luke aufstemmten und einen prüfenden Blick ins Innere der Kabine warfen. Ortega ließ sich hinunter, während Chen ihm Rückendeckung gab, bevor er selbst in die Kabine stieg. Gleich darauf ertönte Chens Stimme aus dem Kopfhörer in Cades Helm: »Alles in Ordnung, Commander. Wir haben die Türen geöffnet und nehmen davor Aufstellung.«
»Verstanden. Die Nächsten kommen jetzt runter.« Cade drehte sich um: »Duncan, Callavecchio. Ihr seid dran.«
Noch zweimal wiederholten sie die Prozedur, bis nur noch Riley oben am Fahrstuhlschacht stand. Mit ein paar speziellen Knoten und einem Karabinerhaken sicherte er das Seil und machte sich dann ebenfalls an den Abstieg. Sobald er das Kabinendach erreicht hatte, ruckte er einmal kräftig am, löste damit die Knoten und zog es aus der Verankerung. Eilig rollte er es auf und verstaute es in seinem Gepäck.
Dann trat er zu den anderen, die vor der Aufzugtür auf ihn warteten. Anscheinend befanden sie sich auf der

untersten Ebene der gesamten Anlage. Vor ihnen, am anderen Ende eines Korridors, führte eine Tür zum technischen Kontrollraum des Stützpunktes.

Als sie den Raum betraten, hörten sie Wasser rauschen. An einer Wand standen ein großer Generator und eine Schaltanlage. Gegenüber befand sich eine Betonplattform mit einem hüfthohen Geländer. Unter der Plattform verlief ein unterirdischer Fluss, von dem das Rauschen ausging. Ein dickes Rohr zog sich vom Generator quer durch den Raum, über die Plattform bis in das Wasser darunter.

Cade, der vermutete, dass Kabel in dem Rohr verliefen, beugte sich über das Geländer und entdeckte eine Turbine, die unmittelbar über der Wasseroberfläche hing. Wenn man diese Turbine in den reißenden Fluss hinabließ, würde sie mit Sicherheit genug Strom für den gesamten Stützpunkt produzieren. Da der Fluss nie versiegte, stellte das eine geniale Lösung für das Problem der Energieversorgung dar.

In Cades Kopfhörer knisterte es. »Schau dir das mal an, Boss«, hörte er Riley sagen. Cade drehte sie um. Riley stand zusammen mit Olsen bei der Schaltanlage des Hauptgenerators und winkte ihn zu sich herüber.

»Was ist denn?«, fragte Cade, als er zu den beiden Männern trat, schaltete dann jedoch wieder den Funk ein, als er merkte, dass seine Worte durch das Rauschen des Flusses kaum zu verstehen waren.

Olsen deutete auf die Instrumententafel. Offensichtlich hatte jemand wiederholt mit einem schweren Gegenstand darauf eingeschlagen, denn die Anzeigen und Hebel waren zertrümmert oder verbogen.

»Da hat einer mit dem Vorschlaghammer draufgehauen, würde ich sagen. Und er hat seine Sache ziemlich gründlich gemacht.«

»Kann man das nicht mehr reparieren?«, fragte Cade.

Olsen grinste. »Das habe ich nicht gesagt. Den Hauptgenerator hat's ganz schön erwischt, aber die Notstromaggregate sind weniger beschädigt.« Er zeigte auf eine Nische hinter dem Hauptgenerator, die Cade zuvor nicht bemerkt hatte. »Gib mir ein paar Stunden, dann kann ich sicher eins davon wieder ans Laufen kriegen. Diese alten Generatoren sind ganz schön robust.«

»Gut. Hol dir jeden, den du brauchst, und mach dich an die Arbeit.« Cade sagte dem Rest des Teams Bescheid und richtete sich aufs Warten ein.

Weil sie nicht die richtigen Werkzeuge hatten, dauerte es fast drei Stunden, doch schließlich hatte Sergeant Olsen sein Versprechen wahr gemacht. Er befahl den anderen zurückzutreten. Dann drückte er auf den Hauptschalter an der Instrumententafel und machte selbst einen Schritt rückwärts. Alle warteten gespannt darauf, was jetzt passierte. Plötzlich erfüllte ein hohes, jaulendes Pfeifen den Raum, dann senkte sich die Turbine in den Fluss und begann sich zu drehen, erst langsam, dann so schnell, dass man es mit bloßem Auge nicht mehr verfolgen konnte. Mit jeder Umdrehung wurde elektrische Energie in den Generator eingespeist.

Kurz darauf flackerten die Deckenlampen auf, dann

wurde es hell. Auch wenn es recht schummrig war, freuten sich Cade und sein Team, denn bei Licht wirkte alles weniger bedrohlich. Außerdem würde es die weitere Suche erheblich erleichtern. Erst jetzt wurde Cade bewusst, wie unangenehm ihm die Vorstellung gewesen war, dieses Schattenwesen im Dunkeln aufspüren zu müssen.

Olsen trat zu ihm, während er sich die öligen Hände an einem alten Lappen abwischte, den er irgendwo gefunden hatte. »Ohne den Hauptgenerator funktioniert leider nur die Notbeleuchtung«, sagte er.

Cade versetzte ihm einen anerkennenden Schlag auf den Rücken und erwiderte grinsend: »Gut gemacht. Riley hat einen Happen zu essen für dich. In zwanzig Minuten geht's weiter.« Als sein Sergeant ihm den Rücken gekehrt hatte, schaute Cade zur Decke hinauf und dachte daran, wie viele Stockwerke man wohl über ihnen aus dem Fels gehauen hatte. Irgendetwas wartete dort oben auf sie, etwas Finsteres, Gefährliches. Er konnte förmlich spüren, wie es ausharrte und sie beobachtete. Wie eine Spinne, die geduldig in ihrem Netz lauerte, bis sich eine Fliege darin verfing.

Doch diesmal war die Fliege hinter der Spinne her. Und sie war bewaffnet.

»Mach dich bereit, wir kommen«, sagte Cade leise und spürte, wie sein Herz schneller schlug. Dann ging er hinüber zu seinen Männern, um das weitere Vorgehen mit ihnen zu besprechen.

14

Hinter einer Tür auf der anderen Seite des Generatorenraums führte eine Treppe nach oben, die Ortega bei seinem ersten Rundgang entdeckt hatte. Von hier aus wollte Cade mit seinen Männern die Suche fortsetzen. Der Gedanken an das enge Treppenhaus behagte ihm ganz und gar nicht, doch es war immer noch besser, als mit dem Fahrstuhl nach oben zu fahren.

Bis zum nächsthöheren Stockwerk waren es vier Treppen, zwischen denen sich jeweils ein kleiner Treppenabsatz befand. Bei dem schwachen Licht konnten die Männer zum ersten Mal seit ihrem Abstieg in den Untergrund erkennen, was vor ihnen lag – eine Tatsache, für die Cade äußerst dankbar war. So weit das Auge reichte, führten weitere Treppen nach oben, vermutlich bis hinauf an die Erdoberfläche. Damit ergab sich für Cade ein strategisches Problem: Wie sollte er verhindern, dass etwas ungesehen an ihnen vorbei durch das Treppenhaus schlüpfte, während sie ein Stockwerk erkundeten? Natürlich konnte er einen Mann als Wache

auf der Treppe postieren, doch es widerstrebte ihm, einen seiner Leute allein zu lassen. Stellte er zwei Wachen auf, musste der Erkundungstrupp zwei Männer entbehren. Aber wahrscheinlich blieb ihm nichts anderes übrig.
Er schickte das Team paarweise nach oben. Als Erste kamen Olsen und Riley, der vorausging. Dann folgten Duncan und Cade selbst und hinter ihnen Chen und Callavecchio. Davis und Ortega bildeten die Nachhut.
Ohne besondere Vorkommnisse gelangten sie bis in das nächste Stockwerk. Cade wandte sich über Funk an Davis und Ortega: »Ihr beide bleibt hier und behaltet das Treppenhaus im Auge. Gebt uns sofort Bescheid, wenn sich irgendwas rührt. Wir durchsuchen die Etage und kommen dann zurück.«
Cade gab den anderen das Signal, ihm zu folgen.
Da sie wussten, dass sich der Feind hier irgendwo versteckt hielt, bewegten sie sich mit äußerster Vorsicht. Mit schussbereiten Waffen traten sie durch die Tür und warfen einen prüfenden Blick in den Korridor, der durch das schummerige Licht nur wenig erhellt wurde. Gleich darauf gaben sie über Funk Entwarnung, bevor sie darangingen, den ganzen Bereich gründlich abzusuchen.
Hinter den ersten sechs Türen zu beiden Seiten des Korridors lagen insgesamt zwölf Vorratsräume, in denen eine erstaunliche Vielfalt von Dingen lagerte. Als hätte Vargas damit gerechnet, eine geraume Zeit unter der Erde ohne Kontakt zur Außenwelt verbringen zu

müssen. Stoff, Holz, Trockennahrung, Medikamente, Blumenerde, Plastik; alles, was man sich nur denken konnte, lag hier fein säuberlich eingepackt und gestapelt. Das meiste war in beschriftete Kisten verpackt, und nachdem sich Cade bei einigen davon überzeugt hatte, dass der Inhalt mit der Aufschrift übereinstimmte, ordnete er an, die restlichen Kisten nicht weiter zu untersuchen. Sie gaben weder einen Hinweis darauf, wofür die Anlage benutzt worden war, noch auf die Natur ihres Gegners, daher waren sie für Cade nutzlos. Hinter den Vorratsräumen machte der Korridor eine Biegung nach links, und als das Echo-Team dem Weg folgte, fand es sich in einem ausgedehnten Küchenbereich wieder. In der Mitte zogen sich lange Reihen mit Arbeitsplätzen durch den gesamten Raum. Darüber hingen Regale voller glänzender Stahltöpfe, und an der linken Wand befanden sich mehrere Kochherde. Rechts standen vier große Kühlschränke neben der Tür zu einer Kühlkammer.

»Also gut, ihr wisst, wie's geht. Alles von oben bis unten durchkämmen, und zwar im Eiltempo.«

Die Männer betraten die Küche.

Während die anderen die Speisekammer und Schränke durchsuchten, öffnete Duncan die Tür zur Kühlkammer. Er wunderte sich, dass ihm kalte Luft entgegenschlug, denn der Strom war noch nicht lange genug wieder eingeschaltet, um die Kammer so weit herunterzukühlen.

Auch bei den Essensvorräten hatte man offensichtlich auf lange Sicht geplant. Auf den hohen Stahlregalen rechts und links vom Mittelgang lagen große Mengen Lebensmittel, von Plastiktüten voller Gemüse bis zu gefrorenen Truthähnen. Genug Essen, um eine große Zahl Menschen mehrere Monate lang zu verpflegen.

Duncan nahm einen leeren Pappkarton vom nächstgelegenen Regal, faltete ihn zusammen und schob ihn unter die Tür, um sie offen zu halten. Dann ging er vorsichtig weiter in den Raum hinein.

Wenn es hier einen Stromausfall gegeben hätte, wären die meisten Lebensmittel aufgetaut und verdorben, doch das war nicht der Fall. Aus vielen Verpackungen tropfte Wasser und sammelte sich in großen Pfützen auf dem Fußboden, doch die Sachen, die er probeweise anfasste, waren noch nahezu hart gefroren.

Das konnte nur eins bedeuten: Der Generator war erst wenige Stunden vor ihrem Eintreffen zerstört worden.

Jemand hatte also mit ihrer Ankunft gerechnet.

In dem Raum hinter den Regalen war das Fleisch gelagert. Mehr als ein Dutzend große Stücke Rindfleisch hingen an Haken von der Decke. Auch hier hatten sich Wasserlachen gebildet, doch das Fleisch war an vielen Stellen noch immer von einer dicken Reifschicht überzogen.

Gleich hinter der Fleischkammer stieß Duncan auf die erste Leiche.

Der Mann war Mitte fünfzig, hatte ein breites, teigiges

Gesicht und schütteres, welliges Haar. Mit dem Gesicht zur Tür hatte er sich in einer Ecke verkrochen, als hätte er Angst gehabt, dass ihn jemand verfolgte. Seine Augen waren weit aufgerissen, und Duncan konnte erkennen, dass sich Eiskristalle darauf gebildet hatten. Der Tote trug einen blauen Overall und schwarze Turnschuhe. An seiner rechten Schulter saß ein Aufnäher, der eine leuchtend grüne Erdkugel mit der Aufschrift EDEN zeigte. Duncan konnte weder Verletzungen am Leichnam noch Blutspuren auf dem Boden entdecken. Es hatte den Anschein, als sei der Mann schlicht und einfach erfroren.

Wenige Sekunden nachdem Duncan sie über Funk herbeigerufen hatte, standen Cade und Riley neben ihm.

»Du hast ihn doch wohl nicht bewegt?«, fragte Cade, während er um den Toten herumging und ihn eingehend musterte.

»Ich habe ihn nicht angefasst. Genau so habe ich ihn gefunden.«

Riley zog eine Digitalkamera aus einer Tasche an seinem Gürtel und machte ein paar Aufnahmen, die später als Beweis und Gedächtnisstütze dienen sollten. Als er fertig war, hockte sich Cade vor den Toten hin und schaute ihn einige Sekunden lang eingehend an. Dann, nachdem er sich vergewissert hatte, dass seine Handschuhe richtig saßen, fasste er die Leiche an und versuchte, sie von der Wand wegzuziehen, doch vergeblich. »Helft mir mal«, sagte er, worauf Sergeant Riley zu ihm trat. Zu zweit schafften sie es, den Leichnam von der Wand zu lösen, an der er festgefroren war, und ihn behutsam auf den Boden zu legen. Dann durchsuchte Cade die Taschen des Mannes nach einem Hinweis darauf, wer er war und warum er sich hier aufgehalten hatte – jedoch ohne Erfolg.

»Habt ihr dieses Logo schon mal gesehen?«, fragte Duncan, worauf seine beiden Teamkameraden den Kopf schüttelten.

»Nach der Inschrift am Eingang zu urteilen, könnte ich mir vorstellen, dass Eden der Name eines Projekts oder der ganzen Anlage hier ist«, erwiderte Cade nachdenklich.

Riley schnaubte verächtlich. »Ein schöner Garten Eden. Der hier hat anscheinend sogar seine eigene Schlange.«

Unvermittelt stand Cade auf und ging hinüber zur Tür der Kühlkammer. Mit dem Fuß stieß er den Karton fort und sah zu, wie die Tür ins Schloss fiel.

»Hey!«, rief Duncan und rannte zu ihm. »Du hast uns eingesperrt!«

»Nein, habe ich nicht«, sagte Cade, ohne sich umzudrehen. Dabei drückte er gegen die Tür, die sich ohne weiteres öffnen ließ. »Siehst du?«

»Oh«, bemerkte Duncan überrascht. Dann drehte er sich langsam um und schaute auf die Leiche hinter ihnen. »Warte mal«, sagte er. »Wenn die Tür nicht abgeschlossen war, warum ist er dann nicht einfach rausgegangen?«

Darauf wusste keiner von ihnen eine Antwort. Eine

Weile hing jeder seinen Gedanken nach, bis Riley die Frage äußerte, die unausgesprochen im Raum hing.

»Was könnte einen Menschen so in Angst und Schrecken versetzen, dass er lieber hier drinbleibt und erfriert, als dem zu begegnen, was auf der anderen Seite der Tür ist?«

»Keine Ahnung«, erwiderte Cade, »aber mir scheint, es wird Zeit, dass wir es herausfinden, meint ihr nicht auch?« Er blockierte die Tür wieder mit der Pappe, dann ging er zu dem Leichnam hinüber, kniete sich neben ihm auf den Boden und zog sich die fleischfarbenen Handschuhe aus.

Riley sprach einige Worte in sein Kehlkopfmikrofon. Obwohl Duncan zu weit entfernt war, um sie zu verstehen, konnte er sich doch denken, was er gesagt hatte. Ihr Commander wollte seine Gabe einsetzen, und Riley wies die übrigen Männer an, währenddessen besonders wachsam zu sein.

Kurz nach seiner Aufnahme ins Echo-Team war Duncan schon einmal Zeuge gewesen, wie Cade Gebrauch von seiner sogenannten Gabe gemacht hatte. Soweit Duncan wusste, verfügte der Commander seit seinem Kampf mit dem übernatürlichen Wesen, das er den Widersacher nannte, über außergewöhnliche Kräfte. Dazu gehörte auch, dass Cade bei allem, was er anfasste, die seelischen Schwingungen desjenigen wahrnahm, der den Gegenstand zuletzt berührt hatte, oder sah, was der betreffende Mensch vor seinem Tod zuletzt erblickt hatte. Dieses Phänomen, das man Psychometrie nannte, zwang den Knight Commander, ständig dünne Handschuhe zu tragen, die ihn vor unbeabsichtigten – und unerwünschten – Eindrücken schützten.

Beim letzten Mal, als Cade in Duncans Gegenwart die Gabe eingesetzt hatte, hatte der Sergeant einen Biss in den Arm davongetragen. Der Commander hatte damals die Kontrolle über sich verloren, war zum Sklaven der seelischen Schwingungen geworden, die in seinen Körper strömten, und hatte seinen Untergebenen angegriffen. Dieses Mal achtete Duncan darauf, sich außer Reichweite von Cade zu halten.

Was sich im Nachhinein als unnötig erwies. Nachdem Cade eine Zeit lang seine Hände auf den Leichnam gelegt hatte, richtete er sich auf und sagte: »Nichts. Entweder ist er schon zu lange tot, oder die Kälte stört. Ich spüre gar nichts.«

Duncan atmete unhörbar auf. Obwohl er wusste, dass Cade seine »Gaben« ausschließlich zum Wohle des Ordens verwendete und am liebsten so schnell wie möglich losgeworden wäre, tat sich Duncan schwer damit. Bei Echo gab es so einiges, was gewöhnungsbedürftig war.

15

Da der Rest des Teams in der Küche nichts von Interesse gefunden hatte, konnten sie ihre Suche woanders fortsetzen. An der Rückwand des Raumes, hinter der Tür zur Kühlkammer, befand sich eine Reihe von Fahrstühlen. Doch da das Team beschlossen hatte, keinen Aufzug zu benutzen, gingen die Männer zu Davis und Callavecchio ins Treppenhaus zurück, um ins nächste Stockwerk hinaufzusteigen.

Olsen, der von Duncan gefolgt an der Spitze ging, hatte gerade die ersten Stufen genommen, als er über sich im trüben Licht eine Bewegung wahrnahm.

Er hatte sie nur aus den Augenwinkeln bemerkt und wartete einen Moment, ob sie sich noch einmal zeigen würde.

Da! Hoch oben lehnte sich jemand über das Treppengeländer und schaute auf sie herab. Im Zwielicht der Notbeleuchtung war nur ein vager Schatten zu erkennen, doch handelte es sich eindeutig um eine menschliche Gestalt.

Olsen drehte sich um und trat dicht an Duncan heran,

als wolle er ihm etwas geben. Dabei hielt er unauffällig die rechte Hand vor seine Brust und streckte den Daumen nach oben, um anzudeuten, dass dort über ihnen etwas war.

»Wie weit?«, flüsterte Duncan fast unhörbar.

»Zwei Treppen, vielleicht drei.« Olsen bewegte kaum die Lippen.

Der andere nickte. Er wusste, was jetzt zu tun war. Sie mussten das Ding dort oben fangen, was immer es auch war.

Durch Handzeichen verständigte Duncan die nachfolgenden Männer, bevor er sich wieder seinem Kameraden zuwandte.

Olsen hielt den Daumen hoch, dann einen Finger und noch einen. Bei drei brüllte er »Kontakt!« ins Mikrofon und rannte die Treppe hinauf. Duncan folgte ihm dicht auf den Fersen. Durch das Getrampel ihrer Schritte vernahm Olsen das klatschende Geräusch nackter Füße auf dem Betonboden über ihnen, als das unbekannte Wesen die Flucht ergriff.

»Es flieht!«, rief er über Funk und rannte noch schneller die Treppe hinauf. Er hörte die Schritte seiner Kameraden hinter sich und im Kopfhörer Cade, der mit ruhiger Stimme seine Anweisungen gab für den Fall, dass es zu einem Schusswechsel käme.

Ein Adrenalinstoß jagte durch Olsens Körper; seine Sinne waren bis zum Äußersten gespannt. Er machte sich zum Kampf bereit. Beim Hinaufrennen trommelten seine Füße auf die Stufen, sein Herz pochte laut, er hörte seinen eigenen keuchenden Atem und packte die MP5 fester, bereit, auf alles und jeden anzulegen, der sich ihm in den Weg stellte.

Als er den ersten Treppenabsatz erreichte, bog er, ohne abzubremsen, um die Ecke zur gegenüberliegenden Treppe. Mit einem Blick nach oben erkannte er, dass sie ihrem Ziel nicht näher gekommen waren. Im Gegenteil, der Abstand war sogar größer geworden, und der Verfolgte hatte schon fast die Tür zum nächsten Stockwerk erreicht.

Kein menschliches Wesen konnte so schnell laufen, das war klar.

»Es entkommt uns!«, rief Olsen Duncan zu und rannte, was das Zeug hielt.

Zwei Treppen. Drei.

Am letzten Treppenabsatz angekommen, musste er feststellen, dass ein Haufen Gerümpel den Weg versperrte. Doch es gab einen Weg hindurch. Vor seinen Augen schlüpfte das Wesen durch die Lücke und verschwand in der Dunkelheit. Es wäre unklug gewesen, ihm zu folgen, solange Olsen nicht wusste, was auf der anderen Seite lag.

Die Jagd war zu Ende; sie hatten verloren.

Als der Rest des Teams eintraf, erklärte Olsen ihnen kurz, was geschehen war.

»Das hast du richtig gemacht«, sagte Cade. Trotzdem ärgerte sich Olsen, dass ihnen die Beute durch die Lappen gegangen war.

»Und was jetzt?«, fragte Chen und warf einen Blick auf

das Hindernis vor ihnen. Möbelstücke und Ausrüstungsgegenstände türmten sich zu einem regelrechten Bollwerk auf, das offenbar den Zugang zum dritten Stockwerk blockieren sollte. Zwar hätten sie ohne weiteres am Rand über das Gerümpel hinwegklettern und weiter die Treppe hinauflaufen können, doch das geheimnisvolle Wesen war durch das Hindernis hindurchgeschlüpft, und die strategischen Regeln besagten, dass man stets vermeiden sollte, den Feind im Rücken zu haben. Besonders wenn man so wenig über ihn wusste wie in diesem Fall. Olsen war sicher, dass Cade ihnen befehlen würde, durch das Hindernis zu kriechen.
»Ich will nicht, dass dieses Ding sich hinter uns im Dunkeln herumtreibt. Außerdem ist es höchste Zeit herauszufinden, was hier gespielt wird«, sagte Cade prompt. »Wir gehen hinterher.«
Cade wollte vorangehen, und Riley sollte den Schluss bilden. Sobald sie das Hindernis überwunden hatten, sollten sie sich truppweise aufstellen.
Cade ging in die Hocke und untersuchte sorgfältig die Lücke in dem Gerümpelhaufen. Es sah aus, als habe sich etwas hindurchgewühlt und dabei ein fast kreisrundes Loch und einen tunnelartigen Durchschlupf hinterlassen. Ein Stückchen weiter schien Licht von der anderen Seite hinein. Die Öffnung war groß genug, dass ein Mann hindurchkriechen konnte. Die Vorstellung, dass sich währenddessen über seinem Kopf mehrere Zentner Gerümpel türmten, fand Cade alles andere als beruhigend. Um die Barrikade herum lag ein wider-

licher Gestank in der Luft. Cade kannte diesen Gestank nur allzu gut, daher wusste er, dass sie auf der anderen Seite nichts Angenehmes erwartete.

»Fertig?«, fragte Cade. Als Riley nickte, holte der Commander tief Luft und kroch in die Öffnung. Fünf Minuten später kam über Funk die Meldung, dass er durch sei. Riley nickte Olsen zu, der als Nächster an der Reihe war.

Einer nach dem anderen krochen die Männer durch das Hindernis – geradewegs in den Schlund der Hölle.

Bei dem Anblick, der sich ihnen auf der anderen Seite bot, vergaßen sie die fliehende Gestalt vollkommen.

Der ursprünglich als Cafeteria genutzte Raum sah aus wie ein Schlachthaus. Alles war voller Blut. Abgetrennte Gliedmaßen und Leichen lagen so verstreut auf dem Boden, als hätte man sie durch die Gegend geschleudert. Einige der Toten befanden sich unmittelbar hinter dem Gerümpelhaufen. Offensichtlich waren sie bei dem Versuch umgekommen, das Bollwerk zu verteidigen. Um in den Raum zu gelangen, waren die Mitglieder des Echo-Teams gezwungen, über sie hinwegzusteigen – starker Tobak, selbst für Männer ihres Kalibers. Der ganze Raum stank nach Verwesung. Die Leichen waren grotesk angeschwollen, so dass man nicht einmal mehr sagen konnte, ob es sich um Männer oder Frauen handelte. Sie waren weder durch ihre Gesichtszüge noch durch ihre Körperformen zu unterscheiden. Alle trugen die gleichen blauen Overalls mit dem Eden-Logo wie der Mann, den das Echo-Team zuerst gefunden hatte. Das bestätigte Cades Vermutung, dass es sich um eine Art Uniform für die Mitarbeiter des Projekts handelte. Wachsam und vorsichtig drang das Team in den Raum vor. Den Männern war klar, dass man sie mit Absicht hierher gelockt hatte. Die Menschen hier hatten nicht die geringste Chance gegen die Angreifer gehabt. Neben etlichen Leichen lagen Waffen, doch handelte es sich dabei meist nur um scharfe Küchenmesser und kleine Handbeile. Es gab überhaupt nur zwei Feuerwaffen, und eine davon war ein kurzläufiger Revolver, der seine beste Zeit seit dreißig Jahren hinter sich hatte.

Trotz ihrer unzulänglichen Bewaffnung hatten sich die Menschen hier tapfer den unbekannten Feinden entgegengestellt, statt sich in weiter hinten gelegene Räume zurückzuziehen. Wahrscheinlich, dachte Olsen, wussten sie, dass ihnen nichts anderes übrig blieb. Sie hätten den Kampf lediglich hinausgeschoben. Wie der Mann in der Kühlkammer hatten auch sie das Verhängnis auf sich zukommen sehen, doch sie hatten sich zumindest nicht kampflos ergeben.

Aber warum hatten sie nicht um Hilfe gerufen?, fragte sich Olsen. Warum hatten sie den Stützpunkt nicht verlassen und waren durch die Wüste geflohen? Das wäre sicher schwierig, aber nicht unmöglich gewesen. Vargas hatte es doch auch geschafft. Es gab keinerlei Erklärung, warum sie gegen einen haushoch überlegenen Feind gekämpft hatten.

Olsens Gedanken wurden durch eine Meldung von Ortega unterbrochen, der auf der anderen Seite des Raumes etwas Interessantes gefunden hatte. Als Olsen zu ihm hinüberging, sah er einen toten Mann, der mit ausgebreiteten Armen und gespreizten Beinen auf einem Tisch lag. Im Unterschied zu den anderen Opfern, denen wahllos Glieder abgerissen worden waren, hatte man diesen hier regelrecht ausgeweidet. Die Brust des Mannes war mit einem langen senkrechten Schnitt geöffnet worden. Die inneren Organe fehlten; sie lagen fein säuberlich zu Füßen des Mannes angeordnet, als hätte jemand nur einen kurzen Blick darauf geworfen und sie dann für eine spätere eingehende Untersuchung beiseitegelegt.

»Warum tut jemand so etwas?«, fragte Ortega, und seiner Stimme war die Anspannung der letzten Stunden deutlich anzuhören. Der Tod im Gefecht war eine Sache, aber hinterher auseinandergenommen zu werden eine andere.

Erst die Szene in dem Bahnwaggon und jetzt das hier. Als wollte ihnen jemand einen solchen Schock versetzen, dass sie sich nicht mehr auf ihren Auftrag konzentrieren konnten.

Sie nahmen den Raum und die Leichen gründlich in Augenschein, fanden jedoch nur einige Chipkarten, wie man sie als Schlüssel zu einem Hotelzimmer benutzt. Sie waren unbeschriftet, doch Olsen meinte, dass es nicht schaden konnte, sie einzustecken. Vielleicht würden sie ihnen noch von Nutzen sein.

Riley ging durch den ganzen Raum und machte Fotos

von den Toten, um sie später eventuell mit Hilfe einer speziellen Erkennungssoftware identifizieren zu lassen. Als er damit fertig war, führte Cade die Gruppe durch die Tür am anderen Ende des Raumes, fort vom Schauplatz des Gemetzels.

Olsen atmete erleichtert auf, als sie im Korridor standen. Er war froh, den Anblick der Leichen und die schauderhafte Atmosphäre hinter sich zu lassen.

Quer zum Hauptkorridor verliefen drei weitere Gänge mit mehreren Räumen an jeder Seite. Das Echo-Team durchsuchte sie nacheinander, immer die Gefahr vor Augen, dass der Feind ihnen hier irgendwo auflauerte.

Bei den Räumen handelte es sich um kleine Zimmer mit jeweils einem Schreibtisch und einem Bett nebst Nachttisch. Auf einer Wandhalterung in der Ecke war ein kleiner Fernseher befestigt. In einigen der Zimmer gab es Fotos an den Wänden, doch stets nur Landschaftsaufnahmen, nie Bilder von Angehörigen. Häufig hing eine Tafel mit einem Bibelvers an der Wand, und einmal fanden sie sogar ein Betpult in einer Zimmerecke. Die schmalen Schränke neben den Betten enthielten wenig mehr als die blauen Overalls. An ihrer Machart ließ sich erkennen, dass die Zimmer jeweils etwa zur Hälfte von Männern und Frauen bewohnt worden waren.

Es sah ein bisschen aus wie in einem Studentenwohnheim, bevor neue Bewohner einzogen.

Doch irgendetwas störte Olsen. Es dauerte eine ganze

Weile, aber dann wusste er plötzlich, was es war: Es gab nirgendwo einen Computer oder ein Telefon.
Er machte Cade darauf aufmerksam. »Die Leute hier hatten keine Verbindung zur Außenwelt. Kein Computer, keine E-Mails. Kein Telefon und damit auch keine Gespräche mit ihren Familien. Überhaupt keine persönlichen Kontakte. Wer kann denn so leben?«
Cade dachte einen Augenblick nach. »So ungewöhnlich ist das nicht. Ich kenne jede Menge High-Tech-Unternehmen, die ihre Mitarbeiter liebend gerne so unterbringen würden. Wer keinen Kontakt nach draußen hat, kann auch kein Betriebsgeheimnis verkaufen, das vielleicht ein paar Millionen Dollar wert ist.«
»Kommt es dir denn so vor, als hätten die sich hier mit Spitzentechnologie beschäftigt?«
Das hier mussten Fanatiker gewesen sein, dachte Olsen. Denn genau daran erinnerte ihn alles, von der Einrichtung bis zu der verzweifelten Entschlossenheit der Bewohner, sich gegen eine Übermacht zur Wehr zu setzen. Fragte sich nur, wovon sie derart besessen gewesen waren.

16

Das Echo-Team brauchte fast drei Stunden, um die fünfundzwanzig Zimmer in den Nebenkorridoren zu durchsuchen. Als sie es endlich geschafft hatten, ordnete Cade an, für heute Feierabend zu machen. Die Männer waren müde und angespannt, und Cade wusste, dass ihnen dann leichter Fehler unterliefen. Was sie jetzt brauchten, war ein warmes Essen und ein wenig Ruhe, um neue Kraft zu tanken. Das Problem war nur, einen geeigneten Platz zum Übernachten zu finden, der sich notfalls leicht gegen Eindringlinge verteidigen ließ.

Die einzelnen Zimmer waren zu klein und hatten außerdem keine Hintertür. Hier säßen sie wie die Ratten in der Falle, ein Risiko, das Cade als erfahrener Taktiker nur im äußersten Notfall eingegangen wäre. Die ehemalige Cafeteria hätte zwar die richtige Größe gehabt, doch angesichts der Leichen würden sie dort wohl kaum Ruhe finden.

Gott sei Dank gab es noch eine Alternative.

Am anderen Ende des Wohntrakts, wie die Männer den

Bereich aus miteinander verbundenen Korridoren nannten, machten sie einen weiteren Raum von der Größe der Cafeteria ausfindig. Mit seinen verschiedenen Trainingsgeräten, wie Laufbändern, Hantelbänken und Gewichten, hatte er offensichtlich als Fitnessraum gedient. Die Rückwand bestand aus Glas und erlaubte einen Blick auf das dahinter liegende Schwimmbecken von olympischen Ausmaßen. Links und rechts vom Pool führten Türen zu den Umkleideräumen für Männer und Frauen. Diese beiden Räume waren an der Rückseite durch einen Hauptkorridor miteinander verbunden. Von hier aus gelangte man ins Treppenhaus und zu den Fahrstühlen.

Es war genau das, wonach Cade gesucht hatte. Wenn sie ihr Lager in der Schwimmhalle aufschlugen, hatten sie einen freien Blick auf das Fitnesscenter. Eine Wache in jedem Umkleideraum konnte gleichzeitig den Hauptkorridor und das Schwimmbad im Auge behalten, so dass sie nach beiden Seiten hin abgesichert waren. Darüber hinaus konnten sie sich, wenn nötig, in beide Richtungen zurückziehen. Selbst wenn der Feind von beiden Seiten käme, hätten sie hier am ehesten eine Chance rauszukommen.

Nachdem sie den gesamten Bereich kontrolliert hatten, sagte Cade seinen Männern, dass sie die Nacht über hier kampieren würden, und teilte jeweils zwei Mann für die Wache ein. So würden alle wenigstens sechs Stunden Schlaf bekommen. Chen und Duncan hatten die erste Wache. Einer von ihnen postierte sich in einer Ecke vor

der Glaswand, von wo aus er den Fitnessraum überblicken konnte, während der andere im Männer-Umkleideraum Posten bezog, um den Hauptkorridor, den Fahrstuhl und das Treppenhaus im Auge zu behalten.
Nachdem das geregelt war, setzte sich Cade auf den Boden und kramte in den Rationen von Fertiggerichten in seinem Gepäck in der Hoffnung, noch etwas anderes als Bœf Stroganoff zu finden.

Riley hatte die dritte Wache. Callavecchio rüttelte ihn wach, bevor er sich selbst zur Ruhe legte. Sobald Riley Ortega von seinem Posten im Umkleideraum abgelöst hatte, wechselte er über Funk ein paar Worte mit Olsen, der zugleich mit ihm Wache hielt. Als erfahrene Soldaten würden sie niemals auf Wache einschlafen, doch beide wussten es zu schätzen, ab und an eine freundliche Stimme zu hören. Das machte jeden noch so gefährlichen oder langweiligen Dienst erträglicher. Daher vereinbarten sie, sich alle fünfzehn Minuten über Funk zu melden.
Im Schwimmbad und dem Korridor, der zum Fahrstuhl führte, brannte die Notbeleuchtung, doch der Umkleideraum lag im Dunkeln. Riley war sicher, dass er an seinem Platz in der Nähe der geöffneten Tür nicht gesehen werden konnte.
Die Zeit schlich dahin. Riley hielt sich wach, indem er ständig einen anderen Punkt ins Auge fasste. Zuerst beobachtete er das Treppenhaus, dann die Aufzugtüren, dann den Korridor, der zum Fitnessraum führte, und so

fort. Er wusste, dass unerfahrene junge Soldaten oft einnickten, wenn sie zu lange denselben Punkt fixierten, und hatte schon vor langer Zeit kleine Tricks und Kniffe gefunden, um das zu verhindern.

So kam es, dass er gerade in die andere Richtung schaute, als er plötzlich im dunklen Umkleideraum hinter sich ein Geräusch hörte. Er drehte sich um, zielte mit seiner Mossberg in die Richtung, aus der der Laut gekommen war, und lauschte.

Nichts.

Riley musste an die schattenhafte Gestalt denken, die ihnen am Nachmittag im Treppenhaus entkommen war. Er stand langsam auf, konzentrierte seine gesamte Aufmerksamkeit auf den schwachen Lichtstrahl, der durch den Türspalt fiel, und spitzte die Ohren.

Doch alles blieb still.

Gerade war er zu dem Entschluss gekommen, dass er es sich nur eingebildet hatte, da hörte er es wieder.

Leise Schritte.

»Hey, Nick, bist du da?«, flüsterte Riley in sein Mikrofon.

Die Antwort kam sofort. »Ja?«

»Hab was im Umkleideraum gehört. Ich gehe mal nachsehen.«

»Verstanden. Melde dich in zwei Minuten wieder, sonst alarmiere ich die anderen.«

»In Ordnung. Riley Ende.«

Er schaltete die Lampe am Lauf seiner Waffe ein und betrat vorsichtig den Umkleideraum.

Im vorderen Teil des Raumes, der u-förmig angelegt war, befanden sich zwei Reihen von Spinden. Riley leuchtete den Raum ab – nichts. Hinter dem Umkleidebereich lagen links und rechts einige Duschkabinen und an der Rückwand dahinter eine Reihe Waschbecken.
Im schwachen Licht konnte Riley erkennen, dass jemand vor einem der Waschbecken stand.
»Wer da?«, rief er und richtete sein Licht genau auf die Gestalt.
Der Mann hatte Riley den Rücken zugekehrt und stützte sich mit beiden Händen auf den Rand des Beckens, doch Riley erkannte Cade an dem vernarbten Gesicht und der Augenklappe, die im Wandspiegel erkennbar waren. Auf Rileys Anruf hin schaute Cade auf und hob die Hand, um sein Auge gegen das vom Spiegel reflektierte Licht abzuschirmen. Er sprach kein Wort.
»Tut mir leid, Boss«, sagte Riley und senkte den Lauf seiner Waffe, um den Commander nicht länger zu blenden. »Ich habe gar nicht gesehen, dass du im Korridor an mir vorbeigekommen bist.«
Cade schaute wieder zu Boden. »Ich bin andersherum gekommen.«
Riley runzelte die Stirn, doch dann erinnerte er sich, dass es vom Fitnessbereich aus ebenfalls einen Zugang zum Umkleideraum gab. Den musste Cade genommen haben. Die Stimme des Knight Commanders klang müde und ein wenig rau, wie an dem Tag, als er aus dem Krankenzimmer gekommen war. »Bist du in Ordnung?«, fragte Riley.

Cade antwortete nicht.
Riley wartete noch einen Augenblick, doch als der andere nichts sagte, beschloss er, wieder auf seinen Posten zu gehen. Auf dem Weg zur Tür des Umkleideraums schaltete er sein Mikrofon ein. »Alles klar, Olsen«, sagte er. »Es war nur Cade. Konnte anscheinend nicht schlafen.« Er sah keinen Grund, das eigenartige Verhalten des Commanders zu erwähnen. Über manche Dinge sprach man besser nicht.
Hinter ihm im Dunkeln sagte Cade etwas.
»Wart mal«, bat Riley Olsen durchs Mikrofon, bevor er sich zu seinem Vorgesetzten umdrehte. »Entschuldige, was hast du gesagt?«
»Wo ist Vargas hin?«
Er scheint noch erschöpfter zu sein, als ich dachte, sagte Riley zu sich selbst, bevor er die Frage beantwortete. »Er ist doch noch immer im Lazarett in Ravensgate.«
Der Commander schien ein paar Sekunden nachzudenken, bevor er antwortete. »Kommt er nach Eden zurück?«
Eden? Ach ja, richtig, die Inschrift über der Tür und die Aufnäher an den Uniformen. »Das weiß ich genauso wenig wie du, Boss, aber ich glaube eher nicht.«
Endlich schaute Cade auf und begegnete Rileys Blick im Spiegel. Sein gutes Auge schien im Dämmerlicht seltsam zu leuchten, und irgendetwas stimmte nicht mit seinem Gesicht, aber Riley konnte nicht herausfinden, was es war.

Cades nächste Frage war noch merkwürdiger.
»Bringst du mich dann zu ihm?«

Auf der anderen Seite des Fitnessraumes stellte Olsen sein Funkgerät leiser und richtete seine Aufmerksamkeit wieder auf den Vordereingang. Riley schien die Lage unter Kontrolle zu haben, daher bestand kein Grund, die anderen zu wecken. Wie zuvor warf Olsen immer mal wieder einen Blick auf seine Kameraden, die in dem halbdunklen Raum ihr Lager aufgeschlagen hatten. Und dann sah er ihn: Cade! Er lag fest schlafend zwischen Davis und Chen auf dem Boden.
Wenn Cade hier schläft, wer ist dann ...?
Noch bevor er den Gedanken zu Ende gedacht hatte, war er auf den Beinen und raste zwischen den Reihen der Sportgeräte hindurch in Richtung Umkleideraum. Im Laufen alarmierte er die anderen und versuchte gleichzeitig, Riley über Funk zu erreichen. Doch vergeblich.

Riley starrte seinen Vorgesetzten verständnislos an. Er konnte sich keinen Reim auf Cades Fragen machen und wurde langsam nervös. Hatte der Commander womöglich von seinem letzten Abenteuer einen Schaden zurückbehalten, der sich erst jetzt in dieser Stresssituation zeigte?
Während er noch grübelte, ging ihm plötzlich ein Licht auf. Jetzt wusste er, was ihn am Gesicht des Knight Commanders störte.

Es war seitenverkehrt! Die schwarze Augenklappe bedeckte das linke Auge, doch die Verletzungen, die ihm der Widersacher zugefügt hatte, waren auf der rechten Gesichtshälfte!

»Ich habe dich was gefragt«, sagte der Doppelgänger.

Rileys Gesichtsausdruck musste ihn verraten haben, denn auf einmal lächelte der vorgebliche Commander auf eine Art, die Riley das Blut in den Adern gefrieren ließ. Es war ein grauenvolles Lächeln, in dem alle Schrecken der Welt lagen.

Solch ein Lächeln konnte kein menschliches Antlitz zustande bringen.

Dieses ... *Ding* ... war nicht Cade.

Und er selbst steckte bis zum Hals in Schwierigkeiten.

Für den Bruchteil einer Sekunde kam es ihm so vor, als stünde dort etwas anderes vor ihm, etwas mit Klauenfüßen und gewaltigen grauen Schwingen, vor dem ihm graute. Dann war es verschwunden, und an seiner Stelle stand wieder der falsche Cade.

Plötzlich schien sich der Spiegel an der Wand in dunklen Rauch zu verwandeln, und am Rand der Scheibe bildeten sich Eiskristalle. Dann stieg Nebel aus seinen Tiefen auf, der in grauweißen Schwaden über die Glasfläche waberte. Vor Rileys Augen tauchte ein Gesicht aus dem Nebel auf, ein langes, hageres Gesicht, kalt und grau wie ein Wintertag. Anfangs trug es noch entfernt menschliche Züge, doch dann hatte es den Anschein, als packte eine Faust den Unterkiefer und zerrte ihn seitwärts nach außen. Gleichzeitig hakten sich Fin-

ger in die Nasenlöcher und zogen die Nase immer weiter in die Höhe, bis es nur noch das Zerrbild eines Menschengesichts war. Das Maul klaffte weit und entblößte mehrere Reihen von Zähnen unterschiedlicher Größe. Die Nase bestand nur noch aus zwei Löchern, die aussahen, als hätte sie jemand in eine weiche Masse gebohrt. Die wässrig-grünen Augen glühten im Halbdunkel, und die Haare der seltsamen Erscheinung schlängelten und wanden sich, als führten sie ein Eigenleben. Unwillkürlich musste Riley an das Haupt der Medusa denken.
Die unheimlichen Augen hielten ihn in ihrem Bann.
Plötzlich erschien ein Arm, und Riley sah mit Entsetzen, wie sich die Oberfläche des Spiegels wellte und kräuselte, als sei sie aus Wasser. Ungehindert drang der Arm hindurch. An seinem Ende saß statt einer Hand eine Klaue mit dreißig Zentimeter langen, sichelförmigen Krallen.
Hilflos, wie gebannt, musste Riley mit ansehen, wie das Ding sich langsam aus dem Spiegel herauswand und über das Waschbecken hinwegstieg. Schließlich stand es auf dem Boden, keine drei Meter von ihm entfernt. Der Körper, der zu der grausigen Fratze gehörte, war nicht minder scheußlich. Er besaß einen dicken Hals, und sein muskulöser Rumpf endete in vier mit Sichelklauen bewehrten Armen. Sein Unterleib erinnerte an den aufgeblähten Körper einer riesigen Spinne. Sechs Beine wuchsen aus ihm hervor, die in einer Art Chitinpanzer steckten.

Während seiner dreizehn Jahre im Orden hatte der Master Sergeant schon so einiges zu Gesicht bekommen, Dämonen und Teufel, Gestaltwandler und Hexer. Ein Voodoopriester hatte ihn verflucht, und einmal wäre er schon beinahe verloren gewesen, als ihn ein Ork in seinem stählernen Griff hielt. Bereits vor längerer Zeit war Riley klar geworden, dass es Dinge zwischen Himmel und Erde gab, die den Menschen nicht wohl gesonnen waren. Von da an hatte er es sich zur Aufgabe gemacht, diese Dinge in Schach zu halten.
Zu ihnen gehörte mit Sicherheit auch das Geschöpf vor ihm. Er war noch nie einem von ihnen begegnet, hatte jedoch schon viel über sie in den Büchern des Ordens gelesen. Die Reaper-Dämonen mit ihren Sichelklauen waren für ihre Wildheit und Grausamkeit berüchtigt. Auf die Begegnung mit einem von ihnen hätte Riley gut verzichten können. Und nun stand er diesem Ding auch noch allein gegenüber.
Hinter dem Dämon wellte sich die Spiegelfläche noch ein letztes Mal, bevor sie sich mit einem lauten Knacken wieder verfestigte.
Das Geräusch weckte Riley aus seiner Erstarrung.
Er riss seine Mossberg hoch, zielte auf die Brust des Reapers und drückte dreimal kurz hintereinander ab. In dem kleinen Raum hallten die Schüsse wie Donnerschläge. Erleichtert sah Riley, wie der Dämon rückwärts gegen den Spiegel taumelte, aus dem er eben erst gekrochen war. Im Zwielicht wirkte sein dunkelrotes Blut schwarz, als es in einem Schwall über die Fliesen spritz-

te. Ohne zu zögern, legte Riley erneut an, um auch noch ein paar Kugeln in Cades Doppelgänger zu jagen, doch bevor er erneut abdrücken konnte, löste sich das Ding vor seinen Augen in Luft auf.
Ihm blieb keine Zeit zu überlegen, wohin es wohl verschwunden war, denn in diesem Augenblick verdunkelten sich einige der anderen Spiegel im Raum.

17

Als Olsen die Schüsse hörte, bremste er so stark ab, dass er bis zur Tür des Umkleideraums schlitterte. Vier Schüsse kurz hintereinander, dann Stille.

»Riley?«, brüllte er, während er sich neben der Tür flach an die Wand presste. Doch statt einer Antwort krachte ein weiterer Schuss.

Ein kurzer Blick zurück verriet ihm, dass die restlichen Mitglieder des Teams aufgesprungen waren. Sie hielten ihre Waffen schon in der Hand, dennoch wären sie wahrscheinlich nicht mehr rechtzeitig gekommen, um Riley zu helfen. Olsen hatte die Wahl: Entweder wartete er auf die Verstärkung, oder er ging allein hinein und versuchte, seinen Kameraden zu retten.

Olsen zögerte keine Sekunde.

Als er um die Ecke spähte, lag der Korridor verlassen vor ihm.

Mit einem Satz war er in der Umkleide, drückte sich erneut an die Wand und überprüfte seine Waffe. Aus dem Waschraum drangen Kampfgeräusche, also war

Riley vielleicht noch am Leben. Olsen atmete tief durch und rannte los.

Mit einem einzigen Blick erfasste er die Situation.

Riley lag rücklings am Boden und hielt die Arme eines sechsbeinigen Monsters fest, das erbittert versuchte, sich loszureißen, um mit seinen Sichelklauen Riley den Kopf vom Rumpf zu trennen. Gleichzeitig schnappte es mit den Kiefern nach seinem Gegner, der den wütenden Attacken nur entgehen konnte, indem er sich blitzschnell hin und her warf. Um ihn herum lagen die Kadaver dreier Reaper-Dämonen, von denen einer noch im Todeskampf zuckte.

Als er seinen Kameraden im Türrahmen stehen sah, schrie Riley: »Schieß, um Himmels willen! Schieß doch!«

Und Olsen schoss.

Die Kugeln trafen den Rumpf des Dämons und rissen große klaffende Löcher in sein Fleisch. Das Ding kreischte vor Schmerz, richtete sich auf und drehte sich um. Darauf hatte Olsen nur gewartet. Wieder feuerte er. Die Wucht des Einschlags schleuderte das Ungeheuer gegen die Wand. Olsen schoss das ganze Magazin leer, bis es den Dämon regelrecht zerfetzt hatte.

»Alles in Ordnung?«, fragte er.

»Ja, geht schon«, antwortete Riley und rappelte sich auf. An mehreren Stellen klafften Risse in seinem Kampfanzug, doch die eingenähten schusssicheren Platten hatten den Attacken standgehalten, so dass er nur leichte Verletzungen davongetragen hatte. Die Wunden wären im Handumdrehen versorgt.

»Das kann doch nicht wahr sein, oder?«, sagte Olsen.
»Doch. Sie sind durch die Spiegel gekommen. Genau das, wovor Cade uns immer gewarnt hat.«
Da ertönten Schüsse im Hauptraum. Die beiden Männer verstummten und rannten los.

Vor der Tür zum Umkleideraum bot sich ihnen ein schreckliches Bild. Überall wimmelte es von Reaper-Dämonen, und die übrigen Mitglieder des Echo-Teams hatten alle Hände voll zu tun, um sie sich vom Leibe zu halten. Cade, Davis und Chen standen mit dem Rücken zu der Glaswand, die den Fitnessraum vom Schwimmbad trennte. Zu ihren Füßen türmten sich bereits die Kadaver, und gerade gingen trotz des unablässigen Kugelhagels vier weitere Dämonen auf die Männer los. Ortega half Duncan beim Aufstehen, nachdem er einen Reaper niedergemacht hatte, der über ihren jungen Kameraden hergefallen war. Callavecchio war nirgends zu sehen.
»Wo kommen die bloß alle her?«, wunderte sich Olsen.
Plötzlich ging Riley ein Licht auf. Wie konnte ich nur so dumm sein, dachte er.
»Mir nach!«, rief er in das Kampfgetümmel und rannte los, ohne auf die anderen zu warten. Es gab zwei Umkleideräume, und beide hatten Spiegel. Die in dem einen hatte er zerstört, doch in dem anderen ...
Hoffentlich konnte er verhindern, dass noch mehr Dämonen herausgekrochen kamen.
Im Zickzack rannte Riley zwischen den Fitnessgeräten

hindurch bis zum Damenumkleideraum. Als er sah, wie Cade und die beiden anderen von den Angreifern bedrängt wurden, verpasste er im Vorbeilaufen einem der Monster zwei Kugeln in den Rücken. Beinahe hätte er noch selbst einen Streifschuss von einem der anderen Ritter abbekommen, bis er endlich am Umkleideraum angelangt war. Olsen rief ihm nach, er solle warten, doch Riley kümmerte sich nicht darum und stürmte mit unverminderter Geschwindigkeit in den Raum hinein.

Nach wenigen Schritten trat er auf etwas Weiches und geriet ins Stolpern. Im Fallen stützte er sich mit den Händen ab; dabei löste sich krachend ein Schuss aus seiner Waffe. Der Rückstoß hätte ihm beinahe den Arm ausgekugelt. Ärgerlich über sich selbst, weil er den Überraschungsangriff vermasselt hatte, stand er wieder auf und schaute nach, worauf er da getreten war.

Es war eine menschliche Hand, abgetrennt am Handgelenk.

Als er den Templerring am Ringfinger sah, wusste er, wem diese Hand gehört hatte.

Callavecchio.

Riley war zu Mute, als hätte ihm jemand einen Schlag in die Magengrube versetzt. Er bückte sich und hob die Hand auf. In dem Moment kam Olsen hereingerannt.

»Ist das ...?«

»Ja.« Riley steckte die Hand in sein Gepäck. Sie war alles, was von ihrem Freund übrig geblieben war. *Wenigstens wird der Sarg nicht ganz leer sein*, dachte er, bevor er sich wieder auf seine Aufgabe konzentrierte.

Als Riley und Olsen den Waschraum betraten, stellten sie fest, dass es hier statt vier einzelner Spiegel nur einen großen gab, der sich über die gesamte Wand zog. Die beiden kamen gerade noch zurecht, um zu sehen, wie zwei Reaper-Dämonen sich durch den Spiegel davonmachten. Sie schleppten Callavecchios leblosen Körper mit sich.
Sein Kopf baumelte halb abgetrennt herunter. Für ihn kam jede Hilfe zu spät.
Da er keine Rücksicht mehr auf Callavecchio nehmen musste, handelte Riley unverzüglich. Eine Bewegung des Fingers am Abzug, und der Spiegel zersplitterte in tausend Teile. Hier würden jedenfalls keine Dämonen mehr herauskommen. Das laute Klirren in seinem Rücken verriet ihm, dass Olsen gerade irgendwo einen weiteren Spiegel zerstörte.
Als die beiden Männer wieder in den Fitnessbereich zurückkamen, hatten ihre Teamkameraden bereits die restlichen Angreifer erledigt.
Echo hatte seinen ersten Einsatz überstanden, doch nicht ohne Verluste.
Das war kein gutes Omen.

18

Die von Commander Williams gesetzte Frist war verstrichen. Da er annehmen musste, dass die Männer von Echo umgekommen waren, blieb Mason nichts weiter übrig, als zur nächsten Phase des Plans überzugehen. So hatte er es mit dem Commander vereinbart.

Mason gab die entsprechenden Befehle, und eine Viertelstunde später standen seine fünf Trupps in voller Montur vor der Einsatzzentrale bereit. Er war entschlossen, sie selbst in den Stützpunkt zu führen, um in die unterirdischen Gänge einzudringen und, wenn nötig, sofort zum Angriff überzugehen. Er hatte das Hauptquartier bereits von den bisherigen Ereignissen unterrichtet. Wenn ihr Unternehmen scheitern sollte, konnte die nächste Einheit dort weitermachen, wo sie aufgehört hatten. Mason war sicher, dass das Wesen, das sich in der Basis eingenistet hatte, immer stärker wurde. Das durfte er nicht zulassen.

Mit gezückten Waffen bestiegen die Männer die wartenden Humvees, und Mason gab den Befehl zum

Ausrücken. Die gepanzerten Fahrzeuge wendeten und fuhren in einer Reihe hintereinander auf das Haupttor zu.

Als sich Masons Männer jedoch dem Eingang zum Stützpunkt näherten, stellte sich ihnen der Sturm, den sie schon seit Stunden beobachtet hatten, in den Weg. Anders konnte man es nicht nennen. Es schien, als sei der Sturm ein lebendiges, vernunftbegabtes Wesen, das zielgerichtet und mit Bedacht vorging. Der schwarze Wolkentrichter kam plötzlich über die Hauptstraße auf sie zugerast. Dabei wirbelte er Sand auf wie bei einem der großen Sandstürme in der Sahara. Innerhalb weniger Sekunden konnte man nichts mehr sehen. Als dann auch noch der Funkkontakt zwischen den einzelnen Wagen abbrach, mussten die Fahrer anhalten.

Mason befahl seinem Fahrer, die Straße zu verlassen und den Bereich zu umfahren, doch bei dem tosenden Sturm und dem wirbelnden Sand war auch das unmöglich. Zwar waren die Humvees für die Fahrt im unwegsamen Gelände konstruiert, doch überall in der Gegend gab es schroffe Schluchten und heimtückische Senken. Bei schlechter Sicht bestand die Gefahr, dass sie sich festfuhren und in der Falle saßen.

Am Ende musste Mason den Befehl geben, zum Stützpunkt zurückzukehren. Er konnte nur hoffen, dass die Fahrer der anderen Wagen auf dieselbe Idee gekommen waren. Gegen diesen Sturm konnte er nichts ausrichten, ohne sinnlos das Leben seiner Männer aufs Spiel

zu setzen. Daher würden sie sich an der Einsatzzentrale sammeln und abwarten, bis sich das Unwetter gelegt hatte.
Die Männer von Echo waren also auf sich gestellt. Falls sie überhaupt noch am Leben waren.

19

Nachdem der Angriff erfolgreich abgewehrt worden war, hatte das Team keine große Lust, den Rest der Nacht am Ort des Geschehens zu verbringen. Daher ordnete Cade an, dass sie sich in dem Treppenhaus am anderen Ende des Korridors sammeln und in den nächsten Stock hinaufsteigen sollten. Am Treppenaufgang mussten sie jedoch feststellen, dass auch dieser Zugang durch einen Berg aufeinandergetürmter Möbelstücke vollständig blockiert war. Von Schreibtischen und Bücherregalen bis zu Sprungfedermatratzen war offenbar alles von oben heruntergeworfen worden, bis das Gerümpel das gesamte Treppenhaus verstopfte. Das Ganze wirkte so wackelig, dass Cade fürchtete, es könnte zusammenbrechen, sobald sie versuchten, darüber hinweg- oder hindurchzuklettern. Um das Leben seiner Männer nicht unnötig zu gefährden, beschloss er, es auf einem anderen Weg zu versuchen. Da er nicht wieder durch den Fitnessbereich gehen wollte, warf er einen prüfenden Blick auf den Fahrstuhl und ließ die Türen aufstemmen.

Als er sah, dass sich die Kabine irgendwo unter ihnen befand, stand Cades Entschluss fest.

Sie würden durch den Aufzugschacht hinaufklettern.

Im Nu waren die Seile zur Hand, und gleich darauf hangelten sich Chen und Davis langsam an den Aufzugseilen nach oben. Im nächsthöheren Stockwerk standen die Fahrstuhltüren offen. Chen vergewisserte sich, dass vom Treppenhaus her keine Gefahr drohte, dann postierte sich Davis als Sicherungsmann unmittelbar am Schacht und ließ ein Seil zu den anderen hinunter.

Zehn Minuten später standen alle sieben oben. Um nicht von einem möglichen Verfolger überrascht zu werden, schlossen sie die Fahrstuhltüren, bevor sie weitergingen.

Nach wenigen Metern machte der Korridor eine scharfe Biegung, hinter der ihnen eine massive Stahltür den Weg versperrte. Sie brauchten lediglich eine Wache im Gang hinter sich aufzustellen, dann hatten sie einen guten Platz für ihre dringend benötigte Rast, die so abrupt unterbrochen worden war.

Die Wachen waren bereits eingeteilt worden. Cade setzte sich gegen eine Wand gelehnt auf den Boden, schloss die Augen und ließ die Ereignisse der letzten Stunden noch einmal an sich vorüberziehen.

Doch kurz darauf wurde er von Riley aus seinen Gedanken gerissen, der sich mit besorgter Miene neben ihm niederließ.

»Wie geht's den Männern?«, fragte Cade.

»Soweit okay. Dieser Ort hier geht ihnen ganz schön an

die Nieren, aber dann sind sie wenigstens auf alles gefasst.«

Cade nickte zustimmend. »Gibt's sonst noch was?«

»Ich wollte nicht die Pferde scheu machen, aber kurz vor dem Angriff der Reaper habe ich in dem Umkleideraum etwas gesehen.«

Cade wartete schweigend, dass er weitersprach.

Riley schüttelte den Kopf, als wolle er eine unangenehme Erinnerung loswerden. »Ob du's glaubst oder nicht, aber ich habe dich gesehen.«

»Mich?«

»Nein – und ja. Was immer es auch war, es sah aus wie du.«

Riley berichtete ihm, wie das merkwürdige Wesen ihn über Vargas ausgefragt und dann, als er sich weigerte zu antworten, die Dämonen herbeigerufen hatte.

Cade überlegte kurz und befahl Riley dann, diese Information für sich zu behalten. Die Vorstellung, dass der Feind nach Belieben eine andere Gestalt annehmen konnte, hatte etwas äußerst Bedrohliches. Wenn sich das herumsprach, würde jeder den Mann neben sich verdächtigen, was eine verheerende Wirkung auf die Moral des Teams hätte.

Riley war der gleichen Meinung. Er erhob sich und wollte gerade gehen, als Cade ihn noch einmal zurückrief.

»Woran hast du es gemerkt?«

Riley blickte ihn verwirrt an. »Was?«

»Dass nicht ich es war.«

Der Master Sergeant tippte sich grinsend an die Wange. »Die Narben. Sie waren auf der falschen Seite.«
Cade nickte erleichtert.
Ihr Gegner war also nicht unfehlbar.
Mit diesem Gedanken lehnte er wieder den Kopf an die Wand und war bald fest eingeschlafen.

Wenig später rüttelte ihn Chen wach. »Das müssen Sie sehen, Commander.«
Er ging vor ihm her um die Ecke bis zu der Stahltür, die jetzt weit offen stand. Dahinter erblickten sie einen weiteren kurzen Gang, der an einer ähnlichen, ebenfalls offenen Panzertür endete.
»Wie habt ihr das gemacht?«, fragte Cade.
Chen grinste. »Da müssen Sie den Master Sergeant fragen, Sir. Er behauptet, er hätte die Lösung geträumt.«
Wenn man bedachte, was ihnen bisher alles zugestoßen war, war Cade fast geneigt, das zu glauben.
Aber nur fast.
Er ging über den kurzen Korridor und durch die zweite Stahltür, die zu einem weitläufigen Raum von den Ausmaßen einer großen Lagerhalle führte. Er war gut drei Stockwerke hoch mit stählernen Laufstegen, die sich wie Emporen an den Wänden entlangzogen. In der Mitte der Halle ragten dicke Metallsäulen auf. Sie reichten bis zur halben Höhe zwischen Boden und Decke und trugen eine Plattform, auf der sich ein weiterer kleiner Raum befand. Seine Wände bestanden offenbar aus Sicherheits-Plexiglas. Auf dem Laufsteg, der an

dem Glaskasten vorbeiführte, entdeckte Cade Riley und Duncan. Er sagte ihnen über Funk Bescheid, dass er zu ihnen heraufkäme. Chen führte ihn zu einer Treppe in einer Ecke der Halle, und gemeinsam stiegen sie über das Gewirr der Laufstege bis auf die Höhe des Glaskastens hinauf. Als sie beinahe am Ziel waren, sah Cade, dass sich die beiden Sergeants über eine Instrumententafel beugten, die am Rand des Laufstegs in einem kleinen Sockel eingebaut war.

»Also gut, Houdini, wie hast du das geschafft?«, fragte Cade, bevor er mit wenigen Schritten bei ihnen war.

»Ich hatte da so eine Idee«, grinste Riley. »Die Kombination war 7,2,8 – genau wie der Bibelvers über der Eingangstür.«

Genesis 2,8, und G ist der siebte Buchstabe im Alphabet, dachte Cade anerkennend. Darauf wäre er nicht gekommen. »Und was ist das da?«, fragte er und zeigte auf den Schaltkasten, den die beiden anderen interessiert begutachteten.

Riley richtete sich auf. »Soweit ich erkennen kann, ist es eine ausfahrbare Brücke, über die man zu der Zelle da drüben kommt«, antwortete er und zeigte mit dem Daumen auf den kleinen Raum mit den Glaswänden in der Mitte der Halle. Von hier oben aus konnte Cade erkennen, dass die »Zelle«, wie Riley sie genannt hatte, auf der ihnen zugewandten Seite eine Tür besaß. Bis auf den Stahlriegel war sie aus demselben durchsichtigen Material gemacht wie die Wände. Innen sah man einige Möbelstücke. Ein Tisch mit vier Stühlen, eine

Couch, ein breites Bett – und alles bestand offenbar aus dem gleichen eigenartigen Material. Jetzt verstand Cade, warum Riley es eine Zelle genannt hatte. Durch die Glaswände hatte man jederzeit freien Blick auf einen möglichen Insassen, da dieser sich noch nicht einmal hinter den Möbeln verstecken konnte. Cade schaute nach oben an die hohe Decke. Nach kurzem Suchen hatte er zwischen dem Gewirr von Rohren und Kühlschlangen die miteinander verbundenen Kameras entdeckt.

»Das muss ein verdammt gefährlicher Häftling gewesen sein, bei den ganzen Sicherheitsvorkehrungen«, sagte Chen.

»Wollen wir uns das nicht mal näher anschauen?« Cades Neugier war geweckt.

»Ich dachte schon, du würdest nie fragen«, erwiderte Duncan. Er legte einen Hebel an der Schalttafel um, woraus der Boden unter ihren Füßen zu vibrieren begann. Unter dem Laufsteg schob sich eine Art Brücke hervor, die bis zu der Plattform mit dem Glaskasten reichte, wo sie mit lautem Rasseln andockte.

Mit schwungvoll ausgestrecktem Arm wies Duncan auf die Brücke: »Dein Wunsch ist uns Befehl.«

Cade setzte versuchsweise einen Fuß auf die Konstruktion. Da sie ihm stabil genug erschien, ging er, gefolgt von Riley und Duncan, hinüber. Chen blieb als Wache zurück, um im Notfall die Brücke zu steuern.

Schon standen die drei Männer auf der kleinen Plattform vor dem Eingang. Cade drückte leicht gegen die

Tür. Überrascht stellte er fest, dass sie unverschlossen war und geräuschlos aufschwang.

Mit entsicherter Waffe in der Hand traten die Männer vorsichtig ein. Drinnen machten Duncan und Riley einen Schritt nach links und rechts und blickten sich wachsam um. Da sie nichts Ungewöhnliches entdecken konnten, entspannten sie sich ein wenig und nahmen den merkwürdigen Raum genauer in Augenschein.

Bis auf die Tatsache, dass die Möbel aus Sicherheits-Plexiglas bestanden, wirkte die Zelle auf Cade wie eine spärlich möblierte Wohnung. In einer Ecke standen ein Esstisch und Stühle, doch nirgendwo gab es ein Gerät, mit dem man Essen hätte zubereiten können. Keinen Herd, keine Mikrowelle, noch nicht einmal einen kleinen Kühlschrank. Der Schlafbereich war ähnlich karg ausgestattet. Das große Bett hatte weder Kissen noch Decke, und auf dem Nachtschrank stand keine Lampe. Cade registrierte auch, dass es nirgendwo eine Waschgelegenheit gab; weder Dusche noch Waschbecken und auch keine Toilette. Selbst in der schäbigsten Gefängniszelle steht doch wenigstens ein Eimer, dachte Cade. Wen haben die hier bloß festgehalten?

Seine Gedanken wurden unterbrochen, als Duncan »Da drüben!« rief.

Er stand an der anderen Seite des Raumes, wo ein Loch in der Glaswand klaffte. Die Öffnung war so groß, dass ein Mensch bequem hindurchgehen konnte, und es hatte den Anschein, als sei sie mit einer solch hohen Temperatur hineingebrannt worden, dass das Plexiglas

geschmolzen und hinterher in Form eines Zapfens, der an der Außenwand herabhing, wieder erstarrt war.
Cade schaute so gebannt auf die Öffnung, dass er nicht mitbekam, was Riley neben ihm sagte. Der Sergeant wiederholte seine Worte und deutete dabei auf das Loch in der Wand: »Es ist ausgebrochen. Was immer es auch war.« Seine Wortwahl und sein Ton klangen rätselhaft.
»Was meinst du mit ›es‹?«, fragte Cade.
»Sieh dich doch nur um, Boss. Glaswände. Ein Raum, der praktisch in der Luft hängt. Überall Kameras an der Decke. Glaubst du, für jemand X-Beliebigen hätten die so einen Aufwand getrieben? Kann ich mir nicht vorstellen. Die haben nicht *jemanden*, sondern *etwas* hier gefangengehalten.«
»Na gut«, erwiderte Duncan. »Aber wo ist es hin? Es gibt keine Brücke auf der anderen Seite, und nach unten geht es mindestens drei Stockwerke in die Tiefe.«
»Vielleicht ist es ja gesprungen«, sagte Riley.
»Gesprungen? Aus dieser Höhe? Bist du ...?«
Doch Cade hörte nicht länger hin. Sein Erster Offizier hatte recht; das hier war keine gewöhnliche Gefängniszelle, und der Insasse war kein gewöhnlicher Gefangener gewesen. Ihm kam das Schattenwesen in den Sinn, das unter den Männern des ersten Erkundungstrupps gewütet hatte. *Hatte man eine solche Kreatur hier eingesperrt?* Er überlegte. Der Raum besaß nur einen Eingang. Vielleicht waren auf den Laufstegen Wachen patrouilliert, die den Gefangenen keinen Augenblick aus den Augen ließen. Für einen normalen Gefangenen

mochte das reichen, aber nicht für ein Wesen mit übernatürlichen Kräften. Es hatte einen schwer bewaffneten Erkundungstrupp überwältigt, dieser Glaskasten würde es keine zehn Minuten lang aufhalten können.
Es sei denn, es wäre besonderes Glas.
Cade nahm seine Augenklappe ab und aktivierte sein Zweites Gesicht.
Sofort traf ihn von allen Seiten ein so gleißendes Licht, dass er sein gesundes Auge mit der Hand abschirmen musste. Überall auf der Glasfläche erschienen Zauberworte, geheimnisvolle Linien und magische Zeichen, die von innen heraus leuchteten. Fast die gesamte Fläche der Wände war damit bedeckt. Einige der Inschriften waren Cade aus den langen Jahren vertraut, in denen er Nachforschungen über den Widersacher angestellt hatte, andere hingegen hatte er noch nie gesehen. Doch ihr Sinn und Zweck war eindeutig.
Der gesamte Raum war mit einem Bann belegt.
Zum Schutz einzelner Orte oder Objekte war der Bann ein unverzichtbares Mittel der Magie. Es gab den großen und den kleinen Bann. Letzterer diente dazu, kleinere Gegenstände, wie Bücher oder Schränke, zu sichern, und konnte von einem Menschen allein und ohne besondere Vorbereitung ausgesprochen werden. Beim großen Bann sah die Sache schon anders aus. Er erforderte mehrere Tage dauernde Vorbereitungen und war erfahrenen Hexern oder Zauberinnen vorbehalten, die dabei von mehreren Helfern unterstützt werden mussten. Den großen Bann sprach man nicht leicht-

fertig aus, denn der kleinste Fehler konnte katastrophale Folgen haben, ja sogar zum Tod aller Beteiligten führen.

Mit Hilfe eines Banns konnte man Menschen von einem bestimmten Ort fernhalten, andererseits aber auch eine Person an einen bestimmten Ort binden. Schon volkstümliche Überlieferungen besagten, dass ein Dämon nicht in der Lage sei, die Linien eines um ihn gezeichneten Pentagramms zu überschreiten. So konnte man zuerst eine Gegenleistung von ihm fordern, bevor man ihn wieder freiließ. Hinter diesem Glauben stand die Tatsache, dass es sich bei dem Pentagramm – sofern es auf die richtige Art und Weise gezeichnet wurde – um eine uralte Form des großen Banns handelte. Doch gegen das, was man hier vollführt hatte, wirkte ein Pentagramm wie eine läppische Kritzelei.

Und dennoch hatte es nicht ausgereicht.

Cade lief ein kalter Schauer über den Rücken, als er sein Zweites Gesicht auf die zerstörte Wand richtete. Wie erwartet, gab es hier kein Licht. Ihrer Zauberkraft beraubt, hatten die Worte und Zeichen den Gefangenen nicht in diesem Raum halten können.

Dazu war nicht einmal der große Bann stark genug gewesen.

20

Zügig schritt der Herr von Eden durch die Gänge und dachte über die Eindringlinge nach. Er beobachtete sie schon seit einigen Stunden und war zu der Überzeugung gelangt, dass es sich um Neuankömmlinge handelte. Anscheinend interessierte sich draußen jemand dafür, was hier unten vorging. Das konnte ihm von Nutzen sein, denn Fremde, die nicht wussten, was seine Bewacher versucht hatten und wozu der Bann und die Barrieren dienten, würden ihm vielleicht unwissentlich helfen, seine unsichtbaren Fesseln zu sprengen und aus dem Stützpunkt zu fliehen.
Ihm hätte gar nichts Besseres passieren können.
Doch selbst wenn das nicht klappte, würde er Mittel und Wege finden, sich ihrer zu bedienen.
Und sollten sie sich ihm widersetzen, dann würde er mit ihnen verfahren wie zuvor mit den anderen. Er war zu lange in diesem finsteren Verlies eingesperrt gewesen, als dass er sich von ein paar schwächlichen Menschen daran hindern ließe, sein rechtmäßiges Erbe anzutreten.

Plötzlich war ihm, als hätte er einen Guss eiskaltes Wasser abbekommen. Die Wände um ihn her begannen zu verschwimmen und zu flirren wie eine Fata Morgana in der heißen Wüste, in der er sich so lange aufgehalten hatte. Das kam derart überraschend, dass er wie angewurzelt stehen blieb.

Nicht die Erscheinung selbst war es, die ihn so verblüffte, denn damit war er vertraut, sondern die Tatsache, dass jemand sie hervorrufen konnte.

Kein Zweifel: Irgendwo in dem Komplex hatte jemand ein Fenster ins Jenseits geöffnet.

Unwillkürlich musste der Herr von Eden an den narbengesichtigen Anführer denken, den er im Zugtunnel beobachtet hatte. Der musste es sein. Irgendwie war es ihm gelungen, den Schleier zu durchdringen, die Barriere zwischen den Welten zu überwinden und einen Blick in das Reich auf der anderen Seite zu werfen. Was er dort suchte, wusste der Herr von Eden nicht, doch er erkannte blitzartig, dass es für ihn nur von Vorteil sein konnte, diesen Menschen auf seiner Seite zu haben.

Sein Entschluss war gefasst.

Er würde versuchen, mit den Eindringlingen zu reden und sie von der Rechtmäßigkeit seines Vorgehens zu überzeugen. Wenn sie sich weigerten, ihm zu helfen, konnte er immer noch andere Saiten aufziehen.

Und wenn auch das nichts nützte, würde er sie vernichten wie diejenigen, die ihn befreit hatten.

21

Riley scharte die Männer um sich und führte sie quer durch die Halle. Auf der anderen Seite lag ein ein kurzer Korridor. Dieser endete vor einer weiteren mit Kartenschloss versehenen Sicherheitstür. Statt Olsen am Schließmechanismus herumknobeln zu lassen, probierten sie es diesmal mit den Karten, die sie den Toten in der Cafeteria abgenommen hatten. Schon beim zweiten Versuch hatten sie Erfolg.
Auf der anderen Seite der Tür befand sich ein kleiner Vorraum mit leuchtend blau gestrichenen Spinden an der einen und vier Edelstahlbecken an der anderen Wand. Auf einem Wandbrett daneben lagen hellblaue Baumwollhandtücher.
In der Mitte des Raumes, zwischen den Waschbecken und den Schränken, stand eine Reihe Regale mit Stapeln weißer Overalls, die man über die Kleidung ziehen konnte. Sie hatten vorne einen Reißverschluss, angesetzte Überschuhe und eine Art Kapuze, die wie eine Duschhaube aussah. Diese Art von Schutzkleidung wurde normalerweise getragen, um keine Verunreinigungen von

außen in einen isolierten Bereich einzuschleppen. Hinter der doppelten Schwingtür auf der anderen Seite des Raumes befand sich vielleicht ein Labor.

Riley ließ Chen und Duncan die Spinde durchsuchen, doch sie fanden nichts. Daraufhin setzte sich die Gruppe wieder in Bewegung. Riley, der an der Spitze ging, drückte vorsichtig mit einer Hand die Türen auf.

Er wusste selbst nicht, was er erwartet hatte, aber bestimmt keinen Sicherheitstrakt. Der Raum war in drei lange parallele Gänge unterteilt. Riley stand im mittleren, der so schmal war, dass seine Schultern fast die Glasscheiben berührten, die den Gang zu beiden Seiten begrenzten. An beiden Wänden befand sich eine Reihe kleiner zellenähnlicher Räume mit einer Glastür, Trennwänden aus Beton und einer Schicht schmutzigem Stroh auf dem Boden. Die Türen waren durch komplizierte elektronische Schlösser gesichert. Zwischen den einzelnen Zellen und der Glaswand zum Hauptkorridor war genug Platz, um von einer Zelle zur anderen zu gelangen, ohne in den Mittelgang ausweichen zu müssen.

Selbst bei der schwachen Notbeleuchtung konnte Riley erkennen, dass die ersten Zellen auf beiden Seiten leer waren. Langsam rückte er vor, wobei er einen Blick in jede der Zellen warf. Bei einigen standen die Türen offen. Als er bis zur Mitte des Raumes gekommen war, stieß er auf Türen in den Glaswänden. Diese führten jeweils links und rechts zum Zellenbereich. Nach einer kurzen Besprechung übernahm Trupp Eins den Gang rechts, während Riley und der Rest der Kommandoeinheit nach links gingen.

Als sie den Gang unmittelbar vor den Zellen betraten, schlug ihnen ein Geruch entgegen, der einladend und abstoßend zugleich war, wie eine Mischung aus Flieder- und Jasminduft und dem Gestank von nassem Fell. Anscheinend kam er aus den offen stehenden Zellen, doch weder Riley noch die anderen konnten sich denken, was für ein Tier so roch. Riley blieb vor der nächstgelegenen Zelle stehen und untersuchte das Schloss an der Tür. Es wirkte stabil und schien unversehrt. Er deutete auf die Türen und fragte Cade: »Glaubst du, die Schlösser gingen alle auf, als der Strom ausfiel?«

Der Knight Commander schüttelte den Kopf. »Normalerweise ist es umgekehrt. In so einem Fall gehen die Schlösser automatisch zu und können erst wieder geöffnet werden, wenn wieder Strom da ist.« Er ließ seinen Blick über die Reihe der Zellen wandern und sagte: »Merkwürdig ...«

Riley, der seinem Blick gefolgt war, bemerkte, dass alle Zellentüren offen standen, außer einer.

Der letzten.

Die beiden Männer wechselten einen kurzen Blick und machten sich auf den Weg.

Zu ihrer Überraschung war die Zelle belegt.

Für Riley sah der Mann wie ein Inder aus, doch er konnte ebenso gut aus Pakistan, der Türkei oder dem Nahen Osten stammen. Er war nicht viel größer als eins sechzig und von zierlicher Gestalt, hatte dunkle Locken und einen ungepflegten Bart. Auch er trug einen verschlissenen blauen Overall mit dem Eden-Logo an der rechten Schulter. Seinem schmuddeligen Äußeren und vor allem den dreckigen Füßen nach zu urteilen, hatte sein Körper seit Tagen kein Wasser mehr gesehen.

Das Stroh war in einer Ecke zu einem Haufen zusammengeschoben, und der Mann lag auf dem nackten Boden. Auf der anderen Seite der Zelle standen mehrere große Krüge mit Wasser und ein Stapel Lebensmitteldosen. Offensichtlich hatte er sich auf einen längeren Aufenthalt eingerichtet.

Riley sah zu, wie Cade an der verschlossenen Zellentür rüttelte und dann mit dem Kolben seiner Waffe mehrmals fest gegen das Glas stieß.

Der Mann rührte sich ein wenig, folglich war er noch am Leben.

Cade drehte sich zu seinen Kameraden um. »Ich will, dass diese Tür geöffnet wird, ganz egal wie lange es dauert und was wir dafür tun müssen.«

Mit einem knappen »Verstanden« machten sie sich ans Werk. Trupp Eins, der nichts Interessantes in den Zellen auf der gegenüberliegenden Seite gefunden hatte, war wieder zu den anderen gestoßen. Da Davis einige Erfahrung mit Schließvorrichtungen besaß, sollte er Olsen dabei helfen, das elektromagnetische Schloss an der Zellentür zu knacken. Die übrigen Männer passten auf, dass sie nicht von unerwünschten Besuchern überrascht wurden.

Als sie mitten bei der Arbeit waren, erwachte der Mann. Er stützte sich auf einen Ellbogen und blinzelte sie verschlafen an. Dann rieb er sich die Augen, als wolle er sich überzeugen, dass er keine Gespenster sah, kramte in seinen Taschen und brachte schließlich eine goldgeränderte Brille zum Vorschein, die er sich auf die Nase setzte.
»Halten Sie durch!«, rief Riley ihm zu und hoffte, dass der Mann ihn durch die dicke Scheibe hindurch hören konnte. »Wir holen Sie da raus!«
Die Reaktion des Fremden kam für den Master Sergeant völlig überraschend. Der Mann in der Zelle sprang auf die Füße und kam schreiend zur Tür gerannt. Er war offensichtlich in heller Aufregung, doch die Glasscheibe verschluckte seine Worte.
Während Olsen und Davis sich weiter am Schloss zu schaffen machten, bedeutete Riley dem Mann mit Gesten, dass sie ihn bald befreien würden und er ganz beruhigt sein könnte. Doch das schien ihn nur noch mehr aufzuregen.
»Glaubst du, er wird uns Antworten geben können?«, fragte Duncan.
»Dafür wird Cade schon sorgen«, erwiderte Riley. »Schließlich ist dieser Mann der erste lebende Mensch, auf den wir hier unten gestoßen sind.«
Olsen und Davis brauchten fast eine Stunde, doch schließlich bekamen sie das Schloss auf. Sofort drückte der Gefangene die Tür auf und trat aus der Zelle.
»Oh, Gott sei Dank! Ich bin so froh, Sie zu sehen!«

Lächelnd wandte er sich an Riley: »Sie haben ihn, stimmt's? Sagen Sie mir, dass Sie ihn erwischt haben.«
Riley, der ihn falsch verstand, erwiderte: »Ja, wir haben ihn. Pater Vargas liegt in einem bequemen Bett im Krankenhaus, nicht weit von hier. Wir bringen Sie bald zu ihm.«
Der Mann erstarrte. Ein seltsamer Ausdruck trat auf sein Gesicht.
»Vargas? Sie haben Vargas?«
»Ja, und es geht ihm gut. Sobald Sie uns verraten haben, was hier geschehen ist, bringen wir Sie hin.« Riley sprach mit leiser, sanfter Stimme, um den Fremden, der offensichtlich sehr verstört war, nicht noch mehr zu beunruhigen.
»Vargas ist mir scheißegal! Sagen Sie mir, dass Sie IHN getötet haben! Das ist das Einzige, was ich hören will. Dass Sie ihm seinen göttlichen Arsch weggepustet haben.«
Seinen göttlichen Arsch? »Hören Sie, warum sagen Sie uns nicht erstmal, wie Sie heißen?«
Der befreite Gefangene stand nur da und starrte vor sich hin. Gerade wollte Riley seine Frage wiederholen, als plötzlich Leben in den Mann kam. Er stürmte auf die drei völlig verdutzten Templer zu, drängte sich zwischen ihnen hindurch und hatte schon fast die Tür zum Mittelgang erreicht, als Riley, der ihm dicht auf den Fersen war, ihn mit einem Hechtsprung von den Füßen riss und sich auf ihn setzte.
Jetzt drehte der Mann vollends durch. Es schlug und

trat um sich, um Riley abzuschütteln, und brüllte dabei aus Leibeskräften: »Runter von mir, du verdammter Mistkerl! Ihr wisst ja nicht, was ihr da tut!«
»Dann erklären Sie es uns!«, erwiderte Riley, ohne sich zu rühren. Mit seinen eins neunzig und über hundert Kilo Lebendgewicht war es ihm ein Leichtes, den Mann am Boden zu halten.
»Ist gut, Riley. Lass ihn aufstehen.«
Cade war durch den Mittelgang gekommen und stand nun in der Tür zum Zellentrakt, die Pistole lässig in der Hand. Riley war schon des Öfteren Zeuge gewesen, wie der Commander, ohne zu zögern, seine Waffe benutzt hatte, um eine Antwort zu erhalten, und ein Blick in das Gesicht des Gefangenen verriet ihm, dass auch er die stumme Warnung verstand.
Riley erhob sich, packte den Mann beim Oberarm und zog den Widerstrebenden auf die Füße.
»Wer sind Sie?«, fragte Cade.
Der Mann starrte mürrisch zu Boden und gab keine Antwort.
Cade seufzte. »Wir können es uns leichtmachen oder auch nicht. Also, ich bin Commander Cade Williams, und Sie?«
Noch immer schwieg der Mann, und Riley wollte gerade der Frage des Commanders ein wenig Nachdruck verleihen, da machte der Mann plötzlich einen Schritt auf Cade zu. »Sie verdammter Idiot!«, stieß er hervor, das Gesicht nur wenige Zentimeter von Cade entfernt. »Ihr wisst ja gar nicht, was ihr hier tut, und wenn ihr

schlau seid, haut ihr ab, solange es noch geht. Das hier ist nichts für die Army.«
»Mit allem gebotenen Respekt, aber ich glaube, ich weiß, was hier geschehen ist. Es würde die Sache allerdings erleichtern, wenn Sie mir ein paar Informationen geben könnten. Fangen wir doch mit Ihrem Namen an.«
Die Antwort war ein empörtes Schnauben, dann sagte der Mann: »Bhanjee. Dr. Manoj Bhanjee. Leitender Genetiker.«
»Vielen Dank. Das war doch gar nicht so schwer, nicht wahr?«
Doch Bhanjee war nicht nach Höflichkeiten zu Mute.
»Hören Sie, Sie Idiot, es kümmert mich einen Dreck, wer Sie sind und wie viele Männer Sie bei sich haben. Wenn es nicht gerade die ganze US-Army ist, bin ich da drüben in meinem kleinen Schlupfwinkel hundertmal besser dran.«
Riley stutzte. Offensichtlich fühlte sich der Mann sicherer in einer Zelle, wo er wie eine Ratte in der Falle saß, als hier draußen bei ihnen. Eine solche Reaktion hatte Riley nicht gerade von jemandem erwartet, den sie soeben aus einem Glaskasten befreit hatten.
Auch Cade wirkte irritiert. Er nahm die Augenklappe ab und blickte auf die Glasscheiben ringsum.
»Wieder der Bann. Die ganzen Zellen sind mit einem Bann belegt.«
Der Gefangene bedachte ihn mit einem neugierigen Blick, doch seine Stimme klang noch immer abfällig.

»Natürlich sind sie das. Glauben Sie vielleicht, wir hätten sie nur hinter schusssicherem Glas gehalten?«
Cade kam nicht dazu zu antworten, denn plötzlich fuhr sein Kopf zum Eingang herum, durch den sie vor mehr als einer Stunde gekommen waren. Riley konnte erkennen, dass sein gesundes linkes Auge geschlossen war. Das hieß, was immer er bemerkt hatte, nahm er ausschließlich mit dem Überrest seines rechten Auges wahr.
»Reaper!«, rief er, und wenige Sekunden später krachten die Schwingtüren am Ende des Korridors auf.
Die Ungeheuer, die den ersten Kampf überlebt hatten, schienen bei ihrem zweiten Angriff keinem bestimmten Plan zu folgen. Das konnte dem Echo-Team nur recht sein. Die Männer brannten darauf, den Tod ihres Kameraden Callavecchio zu rächen. Kaum hatte Cade seine Warnung ausgestoßen, machten sich Chen und Ortega, die etwa fünf Meter vom Eingang entfernt standen, zum Angriff bereit. Gleich darauf glich der Korridor einem Schießstand. Auf Grund der Glasscheiben rechts und links, die zudem noch durch den Zauber geschützt waren, hatten die Dämonen keine Möglichkeit, den Kugeln auszuweichen. Sie rannten geradewegs ins Feuer der MP5 und wurden erbarmungslos niedergemäht.
Während die Männer von Trupp Eins den Angriff abwehrten, gingen Riley und Cade hinter ihnen in Stellung. Auf einen Befehl von Cade über Funk ließen sich die beiden vorderen Männer auf ein Knie nieder, damit die beiden hinter ihnen ebenfalls das Feuer eröffnen

konnten. Gleich darauf vereinte sich das Donnern von Rileys Mossberg mit dem Krachen von Cades Pistole zu einem wilden Stakkato.

Im Kugelhagel wurden die Dämonen regelrecht in Stücke gerissen, und als Duncan, Olsen und Davis ihre Positionen eingenommen hatten, war das Gefecht bereits vorüber. In die nachfolgende Stille hinein ertönte vom anderen Ende des Korridors ein erstickter Schrei.

Riley fuhr herum.

Er konnte gerade noch sehen, wie Dr. Bhanjee von pechschwarzen Schwingen eingehüllt wurde, dann war der Mann verschwunden.

Der Korridor war vollkommen leer.

22

Mit Dr. Bhanjee hatten die Männer die Chance verloren, etwas über die Vorgänge hier unten zu erfahren. Außerdem machten sie sich Vorwürfe, dass sie ihn aus den Augen gelassen hatten. Cade war klar, dass der Grund für ihre Nachlässigkeit in der ständigen Anspannung lag, doch das machte die Sache nicht besser.

Jetzt blieb ihnen nichts anderes übrig, als die Suche fortzusetzen. Unter Cades Führung betraten sie den Raum, der hinter dem Zellentrakt lag.

Was sie dort vorfanden, steigerte ihre Besorgnis noch.

Bei dem Raum handelte es sich um ein mit allen Schikanen ausgestattetes Labor. Wohin sie auch blickten, sahen die Männer komplizierte Geräte, deren Zweck ihnen größtenteils unbekannt war.

Am auffallendsten waren jedoch die beiden Reihen hoher Glasbehälter in der Mitte des Raumes. Olsen ging hinüber, um sie sich näher anzusehen. Es handelte sich um Glaszylinder von etwa zweieinhalb Metern Höhe, gefüllt mit einer dicken, gelblichen Flüssigkeit, die ihn entfernt an Formaldehyd erinnerte. Der Vergleich war gar nicht so weit hergeholt, denn im letzten Behälter hinten links schwamm der nackte Körper eines jungen Mannes.

Beim Nähertreten bemerkte Olsen, dass die Bezeichnung nicht ganz zutraf.

Zwar ähnelte der Körper dem eines Menschen – er besaß einen Rumpf, von dem zwei Arme und zwei Beine ausgingen, und auf dem Hals saß ein Kopf von gewöhnlicher Größe. Doch wo das Gesicht hätte sein sollen, befand sich nichts als eine leere Hautfläche, wie eine Leinwand, bevor der Maler sein Werk in Angriff nimmt. Olsen konnte den Blick einfach nicht abwenden. Kein Mund, keine Nase. Überhaupt keine Atemöffnung. *Wie konnte es so groß werden, ohne zu atmen? Es sah nicht so aus, als wäre das Gesicht durch einen Unfall zerstört worden. Wie also hatte das Ding so lange überleben können?*

Plötzlich drehte sich der Körper ein wenig in der Flüssigkeit und Olsen bemerkte etwas oben am linken Schulterblatt. Die Stelle war mit feinen daunenartigen Federn bedeckt. Und was noch seltsamer war, weiter unten verwandelten sich die Federn in schimmernde Fischschuppen, die sich über die gesamte Seite des Geschöpfes bis hinunter zum linken Knie zogen.

Was zum Teufel war das?

In diesem Augenblick trat Riley neben ihn. »Da haben wir ja einen richtigen Teufelskerl«, sagte er.

Olsen nickte nur, stumm vor Staunen. Normalerweise

wäre er der Erste gewesen, der eine flapsige Bemerkung machte, um die Spannung zu lösen, doch dieses Ding hier war so durch und durch ... unnatürlich ..., dass er einfach keine Worte fand.

Riley spürte offenbar, wie seinem Kameraden zu Mute war, denn er wurde plötzlich ernst. »Vor ein paar Jahren erhielt ich Zutritt zu einem Bereich des Archivs, in dem ich nie zuvor gewesen war.«

Olsen brauchte nicht zu fragen, welches Archiv er meinte. Für einen Templer gab es nur das eine Archiv – die große Sammlung von Informationen und Gegenständen, die der Orden im Laufe der Jahrhunderte zusammengetragen hatte.

»Wenn ich mich recht entsinne, war es kurz nach meiner Versetzung zum Echo-Team. Wir hatten gerade den Angriff einer unbekannten Lebensform überstanden. Dabei war es uns gelungen, einen ziemlich guten Abdruck der Bissspuren an einem der sieben Opfer zu machen. Cade schickte mich hinunter in die Gewölbe des Archivs, um den Abdruck mit den Aufzeichnungen dort zu vergleichen. Dabei sollte ich besonders auf diejenigen achten, die um die Jahrhundertwende entstanden waren.«

Als Riley sich zu ihm umdrehte, sah Olsen in dessen Augen einen Anflug des Entsetzens aufblitzen, das den Master Sergeant an jenem Tag erfüllt hatte. »Ich sag' dir was. Gegen das, was ich da unten im Keller gesehen habe, ist dieses Ding hier ein Klacks. Die Welt ist ein seltsamer Ort, das kann ich dir flüstern.«

Wie um diese Bemerkung zu bekräftigen, zuckte das Ding im Glastank plötzlich zusammen, als erwache es aus einem langen Schlaf, und presste die Handflächen gegen das Glas. Mitten auf jeder Handfläche saß ein schwarzes Auge, das sie anstarrte. Gleich darauf zwinkerte eines dieser Augen ihnen zu.

Dass dieses Ding nicht nur lebendig, sondern auch vernunftbegabt war, schockierte Olsen mehr als alles, was ihm bisher in diesem unterirdischen Komplex begegnet war. Verstört wandte er sich ab. Was immer hier unten stattgefunden hatte, war nie und nimmer mit dem Segen der Kirche geschehen.

Als Olsen die acht kleinen Kabinen an der rechten Wand bemerkte, von denen sieben Computer mit Tastaturen und eine einen großen Netzwerkdrucker enthielt, ging er hinüber.

Er blieb am ersten Arbeitsplatz stehen und ruckte an der Maus. Daraufhin erschien auf dem Bildschirm das gewohnte Windows-Login. Offenbar waren die PCs beim Stromausfall aus- und später wieder angegangen.

Wenn er sich nur in den Computer einloggen könnte ...

Aufs Geratewohl probierte er es mit dem Standardpasswort und Login, mit dem jeder PC beim Kauf ausgestattet ist, und bekam fast einen Schreck, als das Gerät plötzlich hochfuhr. Endlich kommen wir weiter, dachte er. Die Wissenschaftler, die Vargas hierher gebracht hatte, mochten auf ihrem Gebiet ja Spitzenkräfte gewesen sein, von Computersicherheit hatten sie jedoch keinen blassen Schimmer gehabt.

Doch so einfach war es nicht, und Olsen verging sein triumphierendes Grinsen.

Als er versuchte, an die Informationen auf dem PC zu gelangen, musste Olsen feststellen, dass einzelne Menüs und Dateien durch besondere Passwörter gesichert waren. Er konnte zwar das Programm, nicht aber die verschiedenen Ordner öffnen. Obwohl er es mit allen möglichen Tricks und Kniffen probierte, gab der Computer seine Geheimnisse nicht preis. Und auf dem Schreibtisch lagen weder Papiere noch Notizzettel herum.

Er ging zum nächsten PC und fuhr ihn hoch, stieß jedoch auf dieselben Schwierigkeiten. Bei den übrigen Geräten war es nicht anders. Zwar hätte er das Sicherheitssystem knacken und sich Zugang zu den Daten verschaffen können, doch dafür benötigte er mehr Zeit, als ihm jetzt zur Verfügung stand.

Also gab er es auf und ging zu seinen Kameraden hinüber. Als er an der letzten Kabine vorüberkam, sah er am Netzwerkdrucker ein rotes Lämpchen blinken. Papierstau, dachte er und wollte schon weitergehen.

Papierstau!

Er trat an den Drucker und zog das Papierfach heraus. Es war leer. Das bedeutete, dass der letzte Druckbefehl trotz des Stromausfalls noch im Speicher war ...

Rasch schaute Olsen in den diversen Schubladen nach, fand endlich Papier und legte es in den Drucker. Dann sandte er ein Stoßgebet an den Heiligen Michael, den

Schutzpatron der Ritter und Soldaten, drückte auf »Start« und wartete.
Dreißig Sekunden später riss er triumphierend den Arm hoch. Das Gerät begann, bedruckte Blätter auszuspucken!

23

Achtzehn Seiten waren es insgesamt, alle einzeilig bedruckt. Bei näherem Hinsehen erwies sich der Text als Auszug aus einer Art Tagebuch, das wohl einer der Wissenschaftler geschrieben hatte. Es gab jedoch weder einen Hinweis auf die Identität des Verfassers noch auf das Projekt, von dem die Rede war. Die Notizen bezogen sich auf Ereignisse, die sich über einen Zeitraum von sechs Wochen im vergangenen Sommer erstreckten.

Einige der Eintragungen waren besonders interessant:

23. Mai: Es scheint zu funktionieren, aber noch ist es zu früh, von Erfolg zu sprechen. Barajas und Orlander suchen nach einer Methode, um den Entwicklungsprozess zu beschleunigen. Ich bin skeptisch, ob es ihnen gelingt. Sie haben keinerlei Erfahrungen mit dieser Spezies, müssen bei Null anfangen.

14. Juni: Nach all den fehlgeschlagenen Versuchen liegt die Wachstumsrate jetzt stetig bei 3,68. Der Prozess ist so stabil, dass wir seit vier Tagen nicht mehr einzugreifen brauchten. Bei dieser Rate müsste das Exemplar in wenigen Wochen ausgewachsen sein und nicht erst in acht Monaten wie beim ersten Mal. Ich nehme alles zurück – Orlander ist ein Genie!

Es fanden sich noch mehrere ähnliche Einträge. Sie alle bezogen sich auf dieses eine Projekt. Immer wieder gab es Hinweise auf Wachstumsraten und Reifezyklen, auf Abbruch und Neuanfang, wenn die einzelnen Versuche fehlschlugen oder einen unerwarteten Verlauf nahmen. Mehr als einmal verwünschte der Schreiber ihre Misserfolge und schob die Schuld auf alles und jeden, nur nicht auf sich selbst. In diesem Zusammenhang erfuhr Olsen auch einige Namen. Sie würden dem Erkennungsteam die Identifizierung der Toten leichter machen.

Gegen Ende der Aufzeichnungen änderte sich auf einmal der Ton. Offensichtlich hatte sich das Forschungsobjekt nicht wie erwünscht verhalten.

6. Juli: Subjekt B ist schwierig wie ein Teenager. Er weigert sich, die einfachsten Aufgaben auszuführen und Anweisungen zu befolgen. Außerdem stellt er ständig Forderungen, worüber einige von uns deshalb besorgt sind. Aber Vargas will weitermachen.

9. Juli: Heute kam es zum ersten Mal zu einer Gewalttat. Jackson erlitt einen Armbruch, als er am Abend das Essen austeilte. Vargas hat angeordnet, Subjekt B für 48 Stunden zu isolieren. Ich halte das für falsch.

Dann kam nichts mehr.

Diese vagen Aufzeichnungen zeigten, was für eine wertvolle Informationsquelle sie mit Dr. Bhanjee verloren hatten. Olsen war sicher, dass er ihnen alle Fragen hätte beantworten können.

Er brachte Cade die Aufzeichnungen und berichtete ihm, wie er an sie gekommen war. Der Knight Commander befahl ihm, aus einigen der Computer das Festplattenlaufwerk auszubauen. Sie würden sich zu gegebener Zeit und mit dem richtigen Werkzeug näher damit befassen.

Als Olsen fertig war, verließen sie das Labor, diesmal mit Riley an der Spitze. Zwanzig Minuten lang durchkämmten sie verschiedene Korridore, an denen weitere Laboratorien lagen. Doch nirgendwo fanden sie etwas von Interesse, und Riley glaubte schon, dass sie nur ihre Zeit verschwendeten. Er wollte gerade eine kurze Rast einlegen lassen, als sie hinter der nächsten Ecke ein dumpfes Klatschen vernahmen. Auf Rileys Zeichen hin blieben alle stehen. Cade kam nach vorne und stellte sich neben ihn an die Wand.

»Was ist los?«

Der Master Sergeant deutete mit einer Kopfbewegung auf die Ecke. »Hör mal.«

Kurz darauf kam das Geräusch wieder, und diesmal hatte Cade es auch gehört. »Hast du eine Idee?«, fragte er.

»Überhaupt keine.«

»Dann bleibt uns wohl nichts anderes übrig, was?« Mit einer Handbewegung bedeutete Cade den anderen zu warten, während er und Riley nachsehen gingen.

Langsam und vorsichtig schlichen sie bis zur Ecke. Dort zog Riley einen kleinen Spiegel aus der Tasche und hielt ihn so, dass sie aus ihrer Deckung heraus um die Ecke sehen konnten. Er schaute lange hinein, dann zog er die Hand zurück.

Mit den Worten: »Schau dir das mal an. Es ist Bhanjee«, reichte er Cade den Spiegel.

Nachdem sie die Plätze getauscht hatten, schaute auch Cade mit Hilfe des Spiegels um die Ecke. Dahinter verlief der Korridor noch etwa sechs Meter weiter und endete dann an einer Tür. Davor sahen sie den nackten Körper eines Mannes. Er war von oben bis unten voller Blutergüsse und Schnittwunden. Wie ein Gekreuzigter hing er an der Tür, die Arme zu beiden Seiten ausgebreitet, die Füße aufeinandergestellt. Selbst aus der Entfernung konnte Cade die langen Nägel erkennen, mit denen seine Oberarme und Füße befestigt waren. Das merkwürdige Geräusch wurde von seinen Händen verursacht, die jedes Mal, wenn der Körper vor Schmerz zuckte, wie gefangene Vögel gegen die Tür schlugen.

Der Kopf hing herab, doch Cade konnte trotzdem erkennen, dass es sich tatsächlich um den vermissten Dr. Bhanjee handelte.

Cade löste den Blick von dem verletzten Wissenschaftler und spähte mit Hilfe des Spiegels nach links und rechts. Da es in diesem Abschnitt des Korridors keine weiteren Türen gab, mussten sie keinen Hinterhalt befürchten. Auch ein Angriff von der Decke oder dem Fußboden schien unwahrscheinlich. Ein möglicher Angreifer konnte also nur von hinten kommen oder durch die Tür, an die Dr. Bhanjee genagelt war.

»Das sieht mir mehr nach einer Warnung als nach einer Falle aus«, sagte er zu Riley.

»Ganz meine Meinung.«

Cade dachte kurz nach, dann schien er einen Entschluss gefasst zu haben. »Also gut, mal sehen, ob wir den armen Teufel da runterkriegen.«

Er gab Olsen über Funk seine Anweisungen. Danach sollte der Rest des Teams bis zu ihnen vorrücken und Trupp Eins den Platz sichern, während die Kommandoeinheit versuchte, Dr. Bhanjee zu befreien. Chen und Ortega sollten als Nachhut dafür sorgen, dass ihnen niemand ungesehen folgte, und Davis sollte ein Auge auf die vor ihnen liegende Tür haben. Die zwei anderen Mitglieder der Kommandoeinheit hatten die Aufgabe, den Körper des Doktors abzustützen, während Riley und Cade selbst die Nägel aus seinen Armen und Füßen zogen.

Als Riley den Plan hörte, bedauerte er den widerspenstigen Wissenschaftler. Die nächsten Minuten würden nicht leicht für Dr. Bhanjee werden.

Nachdem er allen ihre Aufgabe zugewiesen hatte, gab Cade das Startsignal. Das Team setzte sich wie eine gut geölte Maschinerie in Bewegung. Die Wachen nahmen ihre Posten ein, und Olsen, Cade und Duncan machten sich auf den Weg zur Tür.

Dr. Bhanjee schien etwas gehört zu haben, denn seine Hände schlugen immer hektischer gegen die Tür – wie Fische, die im Netz zappeln –, und er warf den Kopf vor Angst hin und her. Dabei stieß er ein verzweifeltes Wimmern aus, das immer lauter wurde, je näher die Schritte kamen.

Dieser Laut drang Riley durch Mark und Bein. Kein menschliches Wesen sollte solche Qualen erdulden müssen.

»Keine Angst, Dr. Bhanjee. Wir wollen Ihnen helfen. Wir werden versuchen, Sie da runterzuholen.«

Cade musste die Worte noch ein paar Mal wiederholen, bis der Verletzte ihren Sinn erfasste. Dann entspannte sich sein Körper sichtbar. Er hatte wohl begriffen, dass es nicht sein Peiniger war, der ihn von neuem quälen wollte. Seine Hände hörten auf zu zucken, und der Kopf sank auf die Brust.

Behutsam legte Cade dem Mann eine Hand unters Kinn und hob es an.

Man hatte dem Wissenschaftler Entsetzliches angetan. Seine Augen waren herausgerissen, die Höhlen zwei blutige Wunden im kalkweißen Gesicht. Die Lippen waren offenbar mit Elektrodraht zusammengenäht worden, und auf seiner Stirn stand mit Blut geschrieben ein Wort:

Paradidomi.

Verräter.

Olsen und Duncan traten hinzu und fassten den Doktor unter den Achseln, um ihn zu stützen und ihm so das

Atmen zu erleichtern. Cade schaute Riley an. Wortlos fragte er ihn, ob er bereit war.

Riley nickte.

Es musste sein, da half alles nichts.

Riley drückte Dr. Bhanjees rechten Unterarm fest gegen die Tür und nickte Cade abermals zu.

Der stemmte einen Fuß unterhalb des Armes gegen die Tür, ergriff den Kopf des Nagels mit einer Kneifzange aus Olsens Ausrüstung und zog mit aller Kraft.

Bhanjee brüllte vor Schmerz auf.

Riley war nicht erstaunt, dass eine Träne über Duncans Wange lief; ihm war selbst nach Heulen zu Mute. Der Nagel hatte sich kaum bewegt, und es würde bestimmt eine Weile dauern, bis er draußen war. Und dann mussten noch die beiden anderen herausgezogen werden.

Cade machte sich wieder an die Arbeit.

Es dauerte mehr als zwanzig Minuten, bis er den ersten Nagel gelockert hatte. Wegen der unerträglichen Schmerzen war Dr. Bhanjee schon bald in Ohnmacht gefallen, und Riley dankte im Stillen dem Himmel, dass er die Schmerzensschreie des Mannes nicht länger mit anhören musste.

Für die beiden anderen Nägel brauchten sie noch länger. Als sie den Doktor endlich sanft auf dem Fußboden niederlegen konnte, hatte sich Rileys Mitleid in helle Wut verwandelt. Wer immer dem Mann das angetan hatte, würde dafür bezahlen, das schwor er sich. Egal wie lange es dauerte. Er hatte den Doktor nicht sonderlich sympathisch gefunden, doch derartige Qualen gönnte er niemandem.

Als sich die Helfer erhoben, um dem Verletzten mehr Raum zu geben, röchelte Bhanjee plötzlich – und hörte auf zu atmen.

24

»Verdammt!« Riley kniete sich neben Dr. Bhanjee auf den Boden, riss ihm das Hemd auf und begann mit der Wiederbelebung. Dabei fluchte er im Stillen unablässig vor sich hin. Fünfzehn Mal Herzmassage. Den Kopf nach hinten beugen, Nase zuhalten, Mund-zu-Mund-Beatmung. Sich kurz aufrichten. Dann wieder von vorn, eins ... zwei ... drei ... vier ...

Als es ihm nach zwanzig Minuten nicht gelungen war, Dr. Bhanjees Herzschlag wieder in Gang zu bringen, gab Riley auf. Atemlos hockte er sich auf die Fersen.

Cade wollte sich noch nicht geschlagen geben. Dieser Dr. Bhanjee hatte wesentlich mehr gewusst, als er ihnen verraten konnte. Diese Informationen durfte er nicht mit ins Grab nehmen. Es war an der Zeit, die Handschuhe auszuziehen.

Cade erklärte den anderen, was er vorhatte.

Riley war nicht gerade begeistert. »Bist du sicher?«, fragte er und schaute sich besorgt um. »Ist nicht gerade der geeignete Ort dafür.«

»Ich beeile mich. Ich werde mich nicht länger als nötig

in seinen Erinnerungen aufhalten. Seine letzten Minuten waren alles andere als angenehm, und ich bin nicht wild darauf, sie nachzuerleben.« Es würde sich nicht ganz vermeiden lassen, das wusste Cade, doch er hoffte, dass dem sterbenden Mann zuletzt noch aufschlussreiche Gedanken durch den Kopf gegangen waren.

Widerstrebend nickte Riley und traf die erforderlichen Sicherheitsmaßnahmen. Er ließ die Männer zwei konzentrische Kreise um den Knight Commander und Dr. Bhanjees Leichnam bilden. Ortega war für den äußeren und Riley selbst für den inneren Kreis verantwortlich. Sobald die Männer in Position waren, bedeutete er Cade, dass er anfangen konnte.

Cade kniete sich hin und streifte die Handschuhe ab, wie er es zuvor im Kühlraum getan hatte. Flüchtig dachte er an den vergeblichen Versuch. Seelische Eindrücke hielten sich meist nicht länger als achtundvierzig Stunden, und es war völlig unklar gewesen, wie lange der Mann im Kühlraum schon tot war, als sie ihn fanden. Bhanjee dagegen war gerade erst gestorben. Seine letzten Gedanken und Gefühle befanden sich noch immer eingeschlossen in seinem Körper, daher war Cade zuversichtlich, sie aufspüren zu können.

Er holte tief Luft, dann streckte er die Hände aus und legte seine Handflächen links und rechts auf Dr. Bhanjees Gesicht.

Wie in einem Kaleidoskop tauchten Bilder auf und vergingen, als ob Bhanjee vor seinem Ende wirklich sein Leben vor seinem inneren Auge hatte vorbeiziehen

sehen. Cade versuchte, die Spreu vom Weizen zu trennen und sich auf das Wesentliche zu konzentrieren.
Hitze.
Sand und Felsen. Der Wind, der über die Ebene pfiff und sich in den Gräben verfing, die sie am Morgen ausgehoben hatten.
»Wer weiß sonst noch davon?«, fragte eine Stimme.
»Niemand. An diesem Ende des Grabens habe ich den ganzen Tag allein gearbeitet. Außer mir bist du der Einzige, der es gesehen hat«, antwortete Bhanjee, und in seiner Stimme lag für Cade schon eine Ahnung aller Schuld und Qual, die später kommen würden.
Dunkelheit. Dann stand er in einem Konferenzraum einem grauhaarigen Mann im weißen Kittel gegenüber. Unter dem Kittel trug der Mann einen blauen Overall. Sie waren in eine hitzige Debatte verstrickt, und Cade spürte die Abneigung und Verachtung, die Bhanjee für den anderen empfand, konnte jedoch nicht verstehen, worum es bei dem Streit ging.
Endlich warf der andere Mann erbost seinen Stift hin und ging aus dem Zimmer. Bhanjee schaute ihm verächtlich nach.
Jetzt können wir endlich richtig anfangen, dachte er, und sein Puls schlug schneller.
Wieder Dunkelheit. Dann eine neue Szene.
Cade stand vor einem Stahltisch in einem Labor und schaute auf einen Klumpen Fleisch hinunter, der entfernt an einen menschlichen Körper erinnerte. Einzelne Gliedmaßen waren im Ansatz erkennbar. Diese kurzen

verdrehten Anhängsel dort sahen ein wenig aus wie Arme, und aus dem langen, dicken Auswuchs hätten Beine entstehen können. Und mitten in der unförmigen Masse, da wo der Kopf hätte sein sollen, saß ein einzelnes menschliches Auge.
Während er noch darauf schaute, bewegte sich das Auge und blickte ihn an.
Ihm liefen Tränen über die Wangen; er hielt den Atem an. Da riss auf der Brust der Kreatur ein Spalt auf, fast wie ein unheimlicher Mund, und heraus drang ein Schrei der Wut und Erniedrigung.
Dunkelheit.
Zum letzten Mal veränderte sich die Szene, und zwar so plötzlich und unverhofft, dass es Cade fast umgeworfen hätte.
Schmerzensqual.
Schier unerträgliche Pein, als der lange Nagel durch sein Fleisch in die Metalltür drang. Seiner Kehle, die schon ganz wund vom Brüllen war, entrang sich ein weiterer langer Schmerzensschrei und hallte durch die Gänge.
Und immer waren da im Hintergrund diese Fragen, die seine eigenen Schreie übertönten und ihm in den Ohren gellten, obgleich sie nichts waren als ein Wispern. Fragen, auf die er keine Antwort wusste.
Welches Ziel verfolgte er?
Wer waren seine Verbündeten?
Wo waren die Wächter, und was war mit dem Thron geschehen?

Fragen, Fragen, nichts als sinnlose Fragen.
Und über allem das Gesicht.
Und zugleich der stumme Befehl, sich diese Züge für immer einzuprägen. Nichts durfte er vergessen, keine noch so kleine Einzelheit – alles musste für die Zukunft bewahrt werden.
Mit Hilfe seiner Gabe sah auch Cade das Gesicht, das sich in Dr. Bhanjees Erinnerung eingebrannt hatte. Das Gesicht dessen, der ihn stundenlang gefoltert hatte.
Ein ebenmäßiges Gesicht mit makelloser Haut.
Ein Gesicht, auf dem wie festgefroren ein höhnisches Grinsen lag.
Ein Gesicht mit pechschwarzen Augen, die sich in die seinen bohrten, forschend und drängend, auf der verzweifelten Suche nach Antworten.
Und mit dem Gesicht kam ein Name.
Baraquel.
Das war der Hinweis, auf den Cade gewartet hatte.
Er brach den Kontakt ab und fiel neben der Leiche des Doktors zu Boden. Schwach und erschöpft blieb er eine ganze Weile liegen und rang nach Atem.
Hauptsache, sie hatten den Namen.
Ein Name, der – wie Cade wusste – für Macht stand.
Zum ersten Mal, seit sie diesen Ort, dieses sogenannte Eden, betreten hatten, trat ein triumphierendes Raubtierlächeln auf Cades Gesicht.

25

Da Cade nach seinem Erlebnis ein wenig Erholung brauchte, legte das Echo-Team eine kurze Rast ein. Währenddessen machten sich Riley und Olsen an der Tür zu schaffen, an die man Dr. Bhanjee genagelt hatte, und schließlich gelang es ihnen, sie zu öffnen. Unmittelbar dahinter führte eine Treppe nach oben zu einer weiteren Ebene. Dort befand sich eine Tür, die das gleiche Kartenschloss besaß wie die beiden anderen, auf die sie am Tag zuvor gestoßen waren.

Doch dieses Mal passte keine von den Karten aus der Cafeteria. Also packte Olsen abermals sein Werkzeug aus und beschäftigte sich mit dem Schloss, während sich die anderen ausruhten. Die Ereignisse der letzten halben Stunde hatten Olsen wohl stärker zugesetzt, als er gedacht hatte, denn seine Hände zitterten, als er die verschiedenen Drähte legte und sein Palmtop anschloss, um die richtige Kombination herauszubekommen.

»Alles in Ordnung?«

Olsen schrak zusammen und hätte beinahe laut aufge-

schrien. Er hatte gar nicht bemerkt, dass Cade die Treppe heraufgekommen war und nun neben ihm stand. Als er seine Stimme wiedergefunden hatte, lachte er ein wenig verlegen und winkte ab: »Mir geht's gut, Boss.«
Cade betrachtete ihn lange, dann nickte er und wandte sich wortlos ab. Olsen wusste, dass er ihm nichts vormachen konnte, doch Cades Schweigen war ein weiterer Beweis dafür, wie sehr er ihm zutraute, mit seinen Problemen allein fertig zu werden. Dieses Vertrauen tat Olsen gut und gab ihm Kraft.
Und das weiß er auch, darauf möchte ich wetten, dachte Olsen und warf grinsend einen Blick auf den Rücken seines Commanders.
In diesem Augenblick piepte das Palmtop und signalisierte damit, dass es die richtige Ziffernfolge gefunden hatte. Sorgfältig notierte Olsen die Zahl, bevor er seine Kameraden herbeirief. Gleich darauf standen Riley und Cade neben ihm auf dem schmalen Treppenabsatz. Olsen gab die Kombination ein, warf den anderen einen kurzen Blick zu und zog die Tür auf ...
Vor ihnen erstreckte sich ein weiterer Wohnbereich. Doch dieser hier waren wesentlich luxuriöser ausgestattet als die Unterkünfte, auf die sie zuvor gestoßen waren.
Während jene mit ihren Gemeinschaftswaschräumen an ein Studentenwohnheim erinnert hatten, handelte es sich hier um vier separate Zimmer, dazu kamen ein Bad und sogar ein Küchenbereich mit Essecke und Kochherd. Auch die Möbel waren wesentlich komfor-

tabler. Die Couch im Wohnraum war aus echtem Leder, und der Schreibtisch im Arbeitszimmer bestand aus polierter Eiche. Und, was noch mehr überraschte, an der gegenüberliegenden Wand gab es ein riesiges Fenster, das einen weiten Blick über die Berge und den gesamten Stützpunkt bot. Olsen sah, dass der Wolkentrichter noch immer draußen herumwirbelte und dabei Sand und Kies über das ganze Gelände schleuderte. Zum ersten Mal, seit sie das Gebäude betreten hatten, war er froh, hier drin und nicht draußen dem Sturm ausgesetzt zu sein.

Auf dem Schreibtisch stand ein Computer – der erste, den sie außerhalb der Labors zu Gesicht bekamen. Daher vermutete Olsen, dass sie endlich auf das Privatquartier des Stützpunktkommandanten gestoßen waren. Dafür sprach auch der Stapel handgeschriebener Berichte in einer der Schreibtischschubladen. In leicht zittriger, aber akribischer Handschrift stand auf jedem Titelblatt:

Dr. Juan Vargas
Notizen und Bemerkungen
Das Eden-Projekt

Das war die Goldmine, nach der sie gesucht hatten. Das Problem war nur, dass der Rest der Aufzeichnungen in einer seltsamen fremden Sprache geschrieben war, die keiner von ihnen verstand. Während die anderen in den Berichten blätterten und versuchten, daraus schlau zu werden, wanderte Olsen im Zimmer umher und

nahm gedankenverloren den einen oder anderen Gegenstand in die Hand. Eine Wand war mit einem großen Wandteppich bedeckt, dessen Rand er neugierig anhob.
Zu seiner Überraschung befand sich dahinter eine Tür. Er schob den Teppich ganz beiseite und öffnete die Tür. Dann trat er ein – und blieb wie angewurzelt stehen.
»Verdammt noch mal ...«, murmelte er bei sich und rief gleich darauf: »Hey, Boss, du kommst besser mal her!«
Da seine Stimme so dringend klang, kamen Williams und Riley mit gezogener Waffe angerannt. Auch sie machten abrupt halt, und Riley keuchte nur: »Maria und Josef!«
»Da seid ihr baff, was?«, sagte Olsen und wandte sich dann wieder seiner Entdeckung zu.
Es war unglaublich. Während seiner Zeit im Orden hatte er schon so manches gesehen, doch das hier übertraf alles. Allein der Stein war gewaltig. Er war mehr als sechs Meter breit und rund drei Meter hoch. Olsen hatte den Eindruck, dass die Platte aus einer Art Schiefer bestand, obwohl seine geologischen Kenntnisse zugegebenermaßen begrenzt waren. Er hatte jedoch schon öfter Fossilien gesehen, die in ähnlichem Gestein eingebettet waren. Der Stein ruhte auf eigens dafür angefertigten Stützen, denn mit seinem Gewicht hätte er sonst die Wand wie ein Kartenhaus eingedrückt. An der Decke und am Boden waren kleine Strahler angebracht, um das Exponat richtig zur Geltung zu bringen.
Und doch war es nicht der Stein, der ihn so verblüffte,

sondern das, was darin eingeschlossen lag. Das Skelett musste Tausende von Jahren alt sein, wenn nicht mehr. Hoch aufgerichtet und nahezu vollkommen erhalten ruhte es im Stein. Der Schädel besaß eine hohe, gewölbte Stirn, was auf außergewöhnliche Intelligenz schließen ließ. Den starken Arm- und Beinknochen nach zu urteilen, musste das Wesen über bemerkenswerte Kräfte verfügt haben.
Doch das Erstaunlichste waren die Flügel.
Mit einer Spannweite von beinahe sechs Metern reichten sie zu beiden Seiten bis fast an den Rand des Steins. Selbst die einzelnen Federn konnte man deutlich sehen. Wie eingraviert in den Stein waren sie zum Teil noch bis in die kleinste Verästelung erkennbar. Im Leben hatte dieses Geschöpf bestimmt einen überwältigenden Anblick geboten.
Das Geschöpf?, dachte er überrascht von seiner eigenen Wortwahl.
Das hier war nicht irgendein Geschöpf.
Es musste sich um einen der *bne-elohim* handeln.
Einen der Söhne Gottes.
Einen Engel.
Die Vorstellung, dass er hier vor den versteinerten Überresten eines der heiligsten Lebewesen stand, die der Herr jemals geschaffen hatte, verschlug ihm den Atem. Was jetzt nur noch ein Skelett war, hatte wahrscheinlich einst vor Gottes Angesicht gestanden. Es hatte inmitten der himmlischen Heerscharen für das Gute gefochten. Einer seinesgleichen war über die Stadt

des Pharao gekommen und hatte alle Erstgeborenen getötet. Ein anderer hatte Petrus von seinen Fesseln befreit und ihm geholfen, aus Rom zu fliehen. Vier dieser Wesen standen an den Ecken der Welt und geboten den himmlischen Winden Einhalt. Sie waren die Boten Gottes und der ausführende Arm seiner Gerechtigkeit.

Doch während Olsen noch staunend dastand, fiel ihm etwas ein.

Vielleicht lag er ja falsch, denn nicht alle Engel hatten auf der richtigen Seite gestanden.

Nicht alle hatten für den Himmel gekämpft.

Da gab es auch noch die *nephilim*, die gefallenen Engel. Die Ausgestoßenen, die sich Luzifer angeschlossen hatten und für ihre Anmaßung aus dem Himmel herabgestürzt worden waren.

Bne-elohim oder *nephilim*. Die Chancen standen fünfzig zu fünfzig.

Riley unterbrach ihn bei seinen Grübeleien.

»Sieht so aus, als hätten sie ein Stück entfernt«, sagte er und zeigte auf eine Stelle am linken Fuß, wo offensichtlich einer der Mittelfußknochen sorgsam aus dem Stein gelöst worden war.

Als Olsen sich vorbeugte, um es näher in Augenschein zu nehmen, traf ihn die Erkenntnis wie ein Blitz.

Die Inschrift über dem Eingang zum geheimen Bereich.

Das Labor mit seinen Glasbehältern.

Die Notizen in dem Tagebuch, wo von Methoden zur

Beschleunigung des Wachstums die Rede war und von nahezu ausgewachsenen »Exemplaren«.

Die Schlussfolgerung war unausweichlich und überrollte ihn mit voller Wucht.

Als Olsen aufblickte, begegnete er Cades Blick. Aus dem Gesicht des Commanders sprach das gleiche bodenlose Entsetzen.

»Gütiger Gott! Sag mir, dass es nicht wahr ist«, flüsterte Cade.

Olsen antwortete nicht. Er war ganz sicher, dass Vargas wirklich und wahrhaftig das Unvorstellbare getan hatte.

Dieser hirnverbrannte Idiot hatte versucht, aus den versteinerten Überresten einen Engel zu klonen.

Und, was noch schlimmer war, es schien ihm auch gelungen zu sein.

26

Schockiert über die Dreistigkeit und Anmaßung, die aus Vargas' Experiment sprachen, verließ Cade, dicht gefolgt von seinen Männern, den Raum mit der Steinplatte. In seinem Kopf überschlugen sich die Gedanken.

Im selben Augenblick, als sie aus der Tür traten, flammte gleißende Helligkeit auf, so dass sie ihre Augen mit der Hand bedecken und den Kopf senken mussten.

Als das Licht erlosch, waren sie nicht länger unter sich.

»Fürchtet euch nicht«, sagte der Neuankömmling mit der Floskel, die jedem aus dem Team aus der Bibel vertraut war. Seine volltönende Stimme hallte durch den Raum. Es war, als würden tausend Stimmen zugleich die Worte flüstern.

Die Männer empfanden die Gegenwart des Engels wie eine körperliche Bedrückung, und Duncan verstand auf einmal, warum die Engel in der Bibel immer die gleichen Worte sprachen, sobald sie sich sterblichen

Menschen zeigten. Aber zumindest in diesem Fall nutzte es nicht viel.

Der Einzige, der nicht besonders eingeschüchtert wirkte, war Cade. Hoch erhobenen Hauptes stand er vor der Erscheinung und wartete.

»Ich bin ein Bote des Herrn und bringe euch frohe Kunde.« Baraquel, der Engel, breitete lächelnd die Arme aus, als wolle er einen guten Freund oder Verwandten willkommen heißen.

»Frohe Kunde?«, fragte Cade spöttisch. »So nennst du das also.«

Ein hochmütiges Grinsen huschte über das Gesicht des Engels. »Du hast doch sicher damit gerechnet, dass ich dein Können auf die Probe stellen würde, nicht wahr? Eine Prüfung, um zu sehen, ob du würdig bist. Ob du derjenige bist, auf den ich gewartet habe.«

Duncan konnte sich nicht länger zurückhalten. Dieses Ding da hatte eine ganze Gruppe von Wissenschaftlern abgeschlachtet, ihre Leichen geschändet und dem Team eine Horde Höllendämonen auf den Hals gehetzt. Und es hatte ihren Freund getötet. Seinem Geschwätz würde er nicht länger zuhören. »Du abscheu ...«

»Schweig!«, donnerte die Stimme des Engels durch den Raum. Duncan wurde stocksteif und konnte nur noch die Augen bewegen. Auf einen Wink Baraquels verharrten auch alle anderen wie gebannt.

Alle bis auf Cade. Er stand noch immer an der Spitze seines Trupps und betrachtete interessiert den Abgesandten der Hölle.

Cade versuchte, sich nichts anmerken zu lassen, doch innerlich zitterte er angesichts der Macht, die sich ihm soeben offenbart hatte. Er musste herausfinden, was dieses Geschöpf von ihm wollte, und Zeit gewinnen. Nur so konnte er hoffen, es zu überwältigen. Wenn er jetzt Furcht zeigte, wäre es innerhalb von Minuten um ihn und seine Männer geschehen. Fürs Erste musste er gute Miene zum bösen Spiel machen.
»Eine Prüfung also?« Er tat, als denke er darüber nach und fuhr dann fort: »Das verstehe ich. Und deine Anwesenheit hier bedeutet, dass wir bestanden haben?«
Baraquel wedelte abschätzig mit der Hand in Richtung des Echo-Teams, das noch immer wie angewurzelt hinter Cade stand. »Du hast bestanden. Sie nicht. Ich könnte sie mit einem Schlag vernichten.«
»Warte!«, rief Cade und sprach rasch weiter, bevor der Engel wieder in Zorn geriet. »Du wolltest also prüfen, ob ich würdig bin? Wozu?«
Baraquel grinste. »Das ist hier die Frage, nicht wahr?« Er deutete auf etwas hinter Cades Rücken. »Dreh dich um und schau.«
Da er ziemlich sicher war, dass der Engel ihn niederstrecken würde, falls er sich weigerte, gehorchte Cade und drehte seinem Feind den Rücken zu. Ein solches Verhalten verstieß gegen alle Regeln der Kriegsführung. Er spürte, wie sich seine Nackenhaare sträubten.
Durch das Panoramafenster, das Vargas in seinem Büro hatte einbauen lassen, konnte Cade einen Teil des

Stützpunktes erkennen, der am Fuße eines Berges lag. Dahinter erstreckte sich die endlose Wüste.

Als er Baraquels Atem in seinem Nacken spürte, zuckte Cade zusammen. Dieses gefährliche Wesen war völlig lautlos näher getreten, und plötzlich hing wieder dieser schwere, süßliche Geruch nach Flieder und nassem Fell in der Luft. Der Engel streckte den Arm über Cades Schulter hinweg, und mit einer Bewegung seiner Hand verwandelte sich die Wüste in eine pulsierende Metropole mit Wolkenkratzertürmen aus schimmerndem Stahl und funkelndem Glas. »Schau es dir gut an! Das alles könnte dir gehören.«

Cade runzelte die Stirn. »Wie denn? Was muss ich dafür tun?«

Baraquel rieb sich förmlich die Hände vor Vergnügen, als er Cades wachsendes Interesse spürte. »Ich brauche einen Menschen als Regenten, der meine Anordnungen durchsetzt. Jemanden, dem ich vertrauen kann. Einen fähigen, entschlossenen Mann, der auch in schwierigen Situationen die richtigen Entscheidungen trifft.«

»Und das da wäre alles meins?« Cades Stimmte triefte geradezu vor Habgier und Verlangen.

»Ja!«, rief der Engel mit dröhnender Stimme. Er trat neben Cade und breitete die Arme aus, als wolle er die gesamte Szenerie umfangen. »Du wärst der Herr über jedes Fleckchen Erde, jeden blinkenden Turm!«

Riley, der links von Cade stand, kämpfte noch immer gegen den Zauber an, mit dem ihn der Engel an seinen Platz gebannt hatte. Da traf ihn Cades Blick, und er sah, wie der Commander das Handzeichen »Bereithalten« gab. Riley zwinkerte zweimal zum Zeichen, dass er verstanden hatte.

Der Engel schwärmte davon, was sie zusammen erreichen und wie sie die Welt verändern konnten. Da riss sich Cade die Augenklappe herunter und aktivierte sein Zweites Gesicht. Ein schimmernder Energiestrang zog sich von dem Engel zu jedem seiner Teamkameraden und hielt sie an den Fleck gebannt. Wenn er diese Verbindung kappen könnte ...

Nun richtete Cade sein Zweites Gesicht auf Baraquel und wäre beinahe vor Entsetzen zurückgefahren. Keine Spur mehr von einer menschlichen Gestalt, dem Lächeln, der trügerischen Pracht. Stattdessen stand dort ein elendes, ungeschlachtes Geschöpf mit zerfetzten schwarzen Schwingen. Sein gesamter Körper war mit schwärenden Wunden bedeckt, aus denen eine pechschwarze Flüssigkeit sickerte und ihm über das graubleiche Fleisch rann.

Seltsamerweise besaß das Wesen keine Aura, kein Zeichen des göttlichen Funkens, das Cade mit Hilfe seines Zweiten Gesichts bisher an jedem Lebewesen wahrgenommen hatte. Entweder hatte diese Kreatur nie eine Seele besessen oder sie schon vor langer Zeit verloren. Unauffällig schloss Cade die Hand um den Kolben seiner MP5, die an seiner rechten Schulter hing, und schob den Zeigefinger durch den Abzugsbügel. Dabei drehte er sich ein wenig zur Seite, damit sein Gegenüber nichts merkte.

Doch plötzlich fuhr Baraquel herum und starrte ihn mit zusammengekniffenen Augen an. Anscheinend war ihm Cades Zweites Gesicht nicht entgangen. »Was machst du da?«, fragte er.

Rasch senkte Cade den Blick, deaktivierte sein Zweites Gesicht und bedachte den Engel dann mit einem, wie er hoffte, unterwürfigen Blick. »Was muss ich für all diese Reichtümer tun?«

Baraquel lächelte. Offensichtlich hatte er sich täuschen lassen. Cade konnte sich kaum das Grinsen verkneifen, als der Engel jetzt weitersprach.

»Ich weiß, dass du anders bist als deine Gefährten und über ein paar unbedeutende Fähigkeiten verfügst. Ich werde dir zeigen, wie du sie richtig anwenden und noch vergrößern kannst.« Baraquel wandte den Blick ab, eine seltsam menschliche Geste, die Cade eigenartig berührte. Es schien, als könne selbst ein gefallener Engel einem beim Lügen nicht in die Augen schauen. »Als Gegenleistung wirst du die Menschen beseitigen, die diesen Ort bewachen, damit ich mich nicht mit derart profanen Angelegenheiten aufhalten muss. Und dann suchst du uns einen neuen Standort, von wo aus wir unseren Eroberungsfeldzug planen können.«

Erneut richtete der Engel seine tiefschwarzen Augen auf Cade. In seinem Blick glitzerte Vorfreude. »Bist du bereit, den großen Schritt zu wagen?«

»Ja!«, rief Cade, wandte sich blitzschnell um und krümmte den Finger am Abzug. Eine Salve aus seiner Maschinenpistole traf den Engel.

27

Cade feuerte immer weiter auf Baraquel, der blitzschnell seine grauen Schwingen zum Schutz um sich breitete. Nun prallten die Kugeln in alle Richtungen von ihm ab.

Dennoch hatte der Angriff seinen Zweck erfüllt. Das pulsierende Energieband, das die Männer vom Echo-Team zur Reglosigkeit verdammte, verschwand im selben Augenblick, als Baraquels Aufmerksamkeit nachließ.

Durch den Wink Cades war Riley vorgewarnt und bereit, als die unsichtbare Fessel von ihm abfiel. Ohne zu zögern, hechtete er in einen Salto vorwärts und drehte sich im Sprung so, dass er unmittelbar neben Cade landete. Da Cades Magazin leer war, eröffnete Riley das Feuer, um den Engel in Schach zu halten, bis die übrigen Männer hinter diversen Möbelstücken in Deckung gegangen waren und ebenfalls zu schießen begannen.

Doch leider kämpften sie gegen übermenschliche Fähigkeiten. Baraquel überstand das Trommelfeuer ohne eine einzige Schramme. Stattdessen brüllte er vor

Lachen. »Schießt nur!«, rief er über das Pfeifen der Kugeln hinweg. »Eure armseligen Waffen können mir nichts anhaben!« Er hob den Arm, und schon zischte ein blauer Lichtstrahl durch den Raum. Er traf Cade mit voller Wucht und schmetterte ihn gegen die Wand. Der Stoß war so gewaltig, dass die Wand Risse bekam und Mörtel herabrieselte. Cade fiel bewusstlos zu Boden.

Doch die MGs waren nicht Echos einzige Waffen. Im selben Augenblick, als Baraquel ein anderes Mitglied des Teams ins Visier nahm und mit seinem Zauberstrahl zu Boden strecken wollte, sprang Davis hinter dem Schreibtisch hervor, wo er sich versteckt hatte, und rammte dem Engel sein geweihtes Schwert, ohne das kein Tempelritter in die Schlacht zog, in den Rücken.

Baraquel stieß einen so markerschütternden Schrei aus, dass die Wände des Zimmers erbebten. Ein blauer Energieblitz fuhr durch die Schwertklinge bis in Davis' Hand und riss ihn von den Beinen, als hätte er ein Stromkabel berührt. Doch das Schwert steckte noch immer so tief im Rücken des Engels, dass die Spitze an der Brust wieder austrat und das schwarze Blut in Strömen floss.

Wieder schrie der Engel und richtete sich mit ein paar Schlägen seiner Schwingen auf. Riley würde nie den Blick abgrundtiefen Hasses vergessen, den das Geschöpf ihm zuwarf. Dann breitete es die Arme aus und schlug mit Donnergetöse die Hände zusammen, worauf eine gewaltige Energiewelle durch den Raum auf Riley zuraste. Als sie ihn traf, riss sie ihn zu Boden, und es wurde dunkel um ihn.

Ein stetiges Tropfen weckte Duncan aus seiner Ohnmacht. Mit Mühe hob er eine Hand, wischte sich das nasse Gesicht ab und öffnete die Augen. Nach und nach erkannte er die Zimmerdecke über seinem Kopf, doch was er dort sah, überraschte ihn.
Erschrocken setzte er sich auf und schaute sich um.
Der Raum war in etwa noch der gleiche wie vor dem Kampf. Riley und Olsen lagen neben dem großen Fenster. Links von Duncan versuchte sich Ortega aufzurichten, während Chen Davis' offenbar gebrochenen Arm verarztete.
Der Engel war nirgendwo zu sehen.
Das war nicht weiter erstaunlich, doch was ihn wirklich beunruhigte, war die Tatsache, dass alles um sie herum wie ausgeblichen wirkte, wie ein Tischtuch, das zu lange in der Sonne gelegen hatte. Duncan sah alles, sogar seine Kameraden, ausschließlich in Grautönen. Grauer Boden, graue Decke, graue Haut, überall nichts als Grau. Wenn Duncan es nicht schon einmal erlebt hätte, wäre er überzeugt gewesen, dass seine Augen Schaden genommen hatten. Doch er wusste nur zu gut, was es bedeutete.
Mit wachsendem Entsetzen erkannte er, dass sie sich nicht mehr in der wirklichen Welt befanden, sondern irgendwie durch die Barriere ins Jenseits geraten waren.

Cade. Wo war Cade?
Ein erneuter Blick in die Runde zeigte ihm, dass alles noch viel schlimmer als befürchtet war.
Der Mann, der sie hier hätte herausholen können, war verschwunden.
Duncan rappelte sich hoch und ging zu Riley und Olsen. Es gelang ihm, sie aufzuwecken, doch sie waren derart benommen, dass es noch einige Minuten dauerte, bis er ihnen die Lage klarmachen konnte. Inzwischen hatte Chen Davis' Arm in eine behelfsmäßige Schlinge gelegt und kam mit ihm zusammen ebenfalls herüber.
»Was zum Kuckuck ist mit meinen Augen los?«, fragte Ortega. Duncan brauchte eine Weile, um allen begreiflich zu machen, dass sie sich weniger um ihre Sehfähigkeit als um ihren Aufenthaltsort zu sorgen brauchten.
Sie reagierten nicht gerade begeistert auf Duncans Erklärung und noch weniger auf Cades Verschwinden.
»Dieser verdammte Teufel muss ihn mitgenommen haben«, rief Chen, und Duncan teilte im Stillen seine Einschätzung. Doch Riley gab sich nicht so schnell zufrieden. Er ordnete an, den Raum gründlich abzusuchen.
Zu ihrer Überraschung fanden sie Cade in der Nische hinter dem Wandteppich. Er lag vor der Steinplatte, auf der sich in der wirklichen Welt Baraquels Skelett befunden hatte. Hier war sie nur eine leere Fläche.
Wie Cade dorthin gekommen war, war allen ein Rätsel.

Der Knight Commander war bewusstlos und blutete aus einer Wunde an der linken Schläfe.

Riley und Olsen hoben ihn auf und trugen ihn in das angrenzende Zimmer, damit Chen die Wunde versorgen konnte. Während der gesamten Prozedur blieb Cade ohne Bewusstsein. Es gelang ihnen nicht, ihn wieder zu sich zu bringen.

»Und was nun?«, fragte Duncan mit einem Blick auf Riley. Als Echos Erster Offizier übernahm dieser das Kommando, wenn Cade verhindert oder außer Gefecht gesetzt war.

»Ohne Verstärkung können wir nichts ausrichten«, erwiderte Riley in bestimmtem Ton. »Wir machen, dass wir hier rauskommen, und besorgen uns richtige Geschütze. Dann kommen wir wieder und schicken das Ding zur Hölle, wo es hingehört.« Er blickte sich im Kreis um und wartete auf die Reaktion seiner Kameraden.

Alle fünf nickten.

Als er Cade aufhob, musste er daran denken, dass er seinen Freund genauso gehalten hatte, als das ganze Unheil begann. Dann setzten sie sich auf seinen Befehl in Marsch. Ihr Ziel war der unterirdische Zugtunnel.

Doch im Jenseits war das nicht so einfach, denn wie in einem Zerrspiegel veränderte sich die Umgebung ständig. Alles erschien vage vertraut und zugleich völlig unbekannt. Wo ein Korridor hätte sein sollen, befand sich auf einmal ein Zimmer, und wo ihrer Erinnerung nach eine Tür war, stießen sie auf eine leere Wand.

Alles war wie immer und doch ganz anders. Hier im Jenseits zeigte Eden sein wahres Gesicht; die Anlage war durch und durch verrottet, wie eine überreife Frucht. In zahlreichen Gängen wucherte ein schillernder Pilz, der die Wände großflächig bedeckte und an vielen Stellen so tief von der Decke herabhing, dass er ihnen die Sicht raubte. Der Mann an der Spitze musste das baumelnde Geflecht immer wieder mit seinem Schwert abhacken, damit sie ihren Weg fortsetzen konnten. Modriges Wasser stand in Pfützen auf dem Boden, und mehr als einmal kamen sie an einer Stelle vorüber, wo ein gebrochenes Abwasserrohr aus der Wand ragte und Unrat in den Gang spie.

Drei Stunden nach ihrem Aufbruch musste sich Duncan eingestehen, dass sie sich hoffnungslos verirrt hatten. Und nirgendwo war ein Spalt oder sonst eine Öffnung in Sicht, durch die sie wieder in die diesseitige Welt hätten gelangen können. Ab und an wurden sie für Sekundenbruchteile in die Wirklichkeit katapultiert. Dann befanden sie sich auf einmal wieder in den kahlen, von der Notbeleuchtung schwach erhellten Gängen des alten Militärstützpunktes. Doch es dauerte nie so lange, als dass sie etwas hätten unternehmen können.

Sie machten gerade zum zweiten Mal Rast, als Cade plötzlich einen Anfall bekam. Unverhofft zuckte er zusammen. Duncan dachte schon, der Commander würde endlich aus seinem komaähnlichen Zustand erwachen, doch der begann trotz seiner Bewusstlosigkeit wild um sich zu schlagen.

Olsen und Riley stürzten herbei und hielten Cades Arme und Beine fest, während Duncan ihm sein Gepäck unter den Nacken schob, damit er nicht mit dem Kopf auf den Steinboden knallte. Der Anfall dauerte fünf endlos lange Minuten, dann lag Cade wieder still und atmete langsam, aber gleichmäßig.
Chen untersuchte ihn rasch und blieb dann neben ihm in der Hocke sitzen. Er runzelte die Stirn.
»Was ist?«, fragte Riley.
»Die Kopfwunde habe ich ausreichend versorgen können. Aber so ein Anfall wird meistens durch innere Verletzungen ausgelöst, und das ist gar kein gutes Zeichen.«
»Und was machen wir jetzt?«
»Wir müssen ihn unbedingt in ein Krankenhaus bringen. Je eher, desto besser.«
Weil es nichts zu sagen gab, nickte Riley bloß. Er tat sein Möglichstes. Schließlich wollte er ebenso von hier weg wie die anderen auch.
Er rief Duncan zu sich und fragte ihn noch einmal eingehend über das Jenseits aus, doch da der junge Templer nur einmal dort gewesen war, konnte er nicht viel berichten.
Wenige Minuten später brachen sie wieder auf.
Und die Uhr in Rileys Kopf tickte erbarmungslos.

28

Während der folgenden Stunden quälte sich das Echo-Team auf der vergeblichen Suche nach einem Ausgang durch unzählige Gänge und Korridore. Mehrmals kamen sie an ein blockiertes Treppenhaus, doch kaum waren sie über das Gerümpel hinweggeklettert und ins nächsttiefere Stockwerk vorgedrungen, standen sie vor einem neuen Hindernis. Schließlich waren alle erschöpft, und Riley ließ anhalten. Sie wollten etwas essen, sich ausruhen und es dann von neuem versuchen.

Einige Zeit später wurde Duncan, der die erste Wache hatte, von Chen abgelöst. Da er zu nervös zum Schlafen war, machte sich das jüngste Mitglied des Teams auf die Suche nach dem Ersten Offizier. Er fand Riley ein Stück weiter im Korridor, wo er neben dem bewusstlosen Cade saß.

Duncan trat zu ihm. »Hast du eine Minute Zeit?«

Riley nickte und bedeutete Duncan mit einer Handbewegung, sich ihm gegenüber auf dem Boden niederzulassen. »Was ist denn?«, fragte er leise.

Der Jüngere setzte sich und warf einen Blick auf den verwundeten Commander. Dann wandte er unbehaglich die Augen ab, da er es einfach nicht über sich brachte, Cade wieder gesund zu machen und damit den anderen das Geheimnis seiner Heilkräfte zu verraten. *Dafür ist immer noch Zeit, falls es ihm schlechter gehen sollte. Dann werde ich sehen, was ich tun kann. Aber bestimmt finden wir hier raus, bevor ich zu diesem letzten Mittel greifen muss*, dachte er. Dann wandte er sich an Riley: »Ich habe mich gefragt, warum wir manchmal für kurze Momente im Diesseits sind – und dann hier.«
»Ich höre«, sagte Riley.
»Na ja, wir wissen doch, dass Engel auf zwei Ebenen existieren, nicht? Ich meine, sie leben zugleich in der physischen und der spirituellen Welt, genau wie wir, stimmt's?«
Riley nickte und wartete ab, worauf der andere hinauswollte.
»Und wir wissen auch, dass beim Tod des physischen Körpers der Geist erhalten bleibt. Dass der Tod nicht das Ende, sondern der Anfang einer neuen Existenz ist.«
Plötzlich fiel Riley eine Stelle aus der Bibel ein, und er zitierte: »Wir werden nicht alle entschlafen, wir werden aber alle verwandelt werden; und das plötzlich, in einem Augenblick, zur Zeit der letzten Posaune. Denn es wird die Posaune erschallen, und die Toten werden auferstehen unverweslich, und wir werden verwandelt

werden. Denn dies Verwesliche muss anziehen die Unverweslichkeit, und dies Sterbliche muss anziehen die Unsterblichkeit. 1. Korinther 15,51.«

Duncan nickte. »Genau. Das Sterbliche muss die Unsterblichkeit anziehen. Der Tod verwandelt uns in etwas anderes.«

Doch Riley verstand noch immer nicht. »Es liegt mir fern, dem Apostel Paulus zu widersprechen, aber was hat das alles mit unserer Lage zu tun? Hast du vielleicht vor, in Kürze unsterblich zu werden?«, fragte er halb im Scherz.

»Ich nicht«, antwortete Duncan, »aber der Engel. Baraquel. Wir wissen ja, dass er schon einmal gestorben ist. Das versteinerte Skelett da oben an der Wand ist der Beweis. Und es ist anzunehmen, dass sich bei seinem Tod seine geistige und körperliche Natur getrennt haben. Sein Körper ist tot, doch seine Seele, wenn du es so nennen willst, lebt auf einer spirituellen Ebene weiter.«

»Na schön. Und was weiter?«

»Wenn nun Vargas und seine Leute das Gleichgewicht zwischen der körperlichen und der geistigen Welt gestört haben, als sie Baraquels Körper neu erschufen? Könnte es nicht sein, dass der Geist des Engels versucht, sich wieder mit seinem Körper zu verbinden?«

»Na und?«

»Dieser Engel wurde nicht von Gott, sondern von Menschen erschaffen. Das heißt, ihm fehlt der göttliche Funke, der jedes Gottesgeschöpf auszeichnet.«

Riley hatte noch immer nicht begriffen.

»Denk doch mal eine Minute darüber nach! Baraquel weiß, dass er unvollkommen ist. Er weiß, dass ihm etwas fehlt, seine unsterbliche Seele, wenn du so willst. Er ist offensichtlich sehr mächtig, doch nicht so mächtig, wie er einmal war. Und das ist ihm durchaus bewusst. Was würdest du also an seiner Stelle tun?« Duncan wartete Rileys Antwort nicht ab, sondern fuhr fort: »Du würdest alles daransetzen, wieder heil und ganz zu werden, oder etwa nicht?«

Dagegen wusste Riley nichts einzuwenden. »Ja, das nehme ich an.«

»Also liegt die Vermutung nahe, dass der Engel genau das versucht, nicht?«

Jetzt endlich hatte der andere verstanden. »Und deshalb kommt es zu diesen Brüchen zwischen Diesseits und Jenseits?«

»Ja, so stelle ich mir das vor.«

»Jedes Mal, wenn er versucht, seine Seele ins Diesseits herüberzuziehen, beschädigt er den Schleier zwischen den Welten ein bisschen mehr«, überlegte Riley. »Und das Jenseits dringt in unsere Welt ein.«

»Noch ist das Loch im Schleier nicht allzu groß, aber mit der Zeit wird es immer größer und größer, und schließlich zerreißt der Schleier ganz. Und dann vermischen sich Diesseits und Jenseits ...«

»... und das hätte fatale Folgen«, ergänzte sein Kamerad.

29

Später am Abend.

Mit einem Ruck erwachte Olsen, weil sich Cade neben ihm im Halbdunkel regte. Rasch leuchtete er ihn an und erkannte, dass der Knight Commander wieder einen Anfall hatte. Es war der bislang schlimmste. Cade warf den Kopf hin und her, bis seine Wunde wieder zu bluten begann. Seine Fersen trommelten auf den Boden, und sein ganzer Körper zitterte und zuckte.

»Riley!«, rief Olsen leise in der Hoffnung, dass der Master Sergeant ihn hören konnte. Dann versuchte er, Cade festzuhalten. Ein paar Sekunden später, die ihm wie eine Ewigkeit vorkamen, war Riley da und fasste mit an.

»Verdammt! Es wird schlimmer, nicht?«, fragte Riley leise mit besorgter Stimme.

»Ja. Die Anfälle kommen immer häufiger. Das ist schon der dritte innerhalb von zwei Stunden.«

»Wir müssen unbedingt hier raus und ihn zu einem Arzt bringen.«

»Klar«, entgegnete Olsen spöttisch. »Wir rufen einfach ein Taxi aus dem Jenseits und verfrachten ihn damit zur nächsten Notaufnahme.«

Cades Körper erschauerte noch einmal und wurde dann ganz still.

Olsen blieb vor Schreck beinahe das Herz stehen. Jetzt scherte er sich nicht mehr darum, ob jemand sie entdeckte oder nicht. Er schnappte sich seine Leuchte, schaltete sie ein und hielt sie über Cades Gesicht.

Der Anfall war vorüber; ihr Freund atmete wieder völlig normal.

»Gott sei Dank!«

Jetzt, da das Schlimmste vorüber war, lehnten sich Olsen und Riley links und rechts von Cade gegen die Wand und warteten, dass sich ihr wild pochendes Herz wieder beruhigte. Beiden war klar, dass ihnen nicht mehr viel Zeit blieb. Wenn sie Cade retten wollten, mussten sie schleunigst etwas unternehmen.

»Was glaubst du, wie lange haben wir noch?«, fragte Olsen.

»Keine Ahnung. Weiß der Himmel, welche inneren Verletzungen diese Wunde verursacht hat, und durch die Anfälle wird es auch nicht gerade besser. Wenn es so weitergeht, bleiben uns höchstens noch ein paar Stunden, vielleicht ein halber Tag.« Riley seufzte. »Aber ich bin ja kein Arzt. Kann sein, dass er nur noch zehn Minuten durchhält.«

»Dann müssen wir auf der Stelle etwas tun«, meldete sich eine dritte Stimme.

Die beiden Männer fuhren zusammen. Sie waren so in ihr Gespräch vertieft gewesen, dass sie Duncan nicht hatten kommen hören.
»Ich bin für jede Idee dankbar«, sagte Riley.
Der junge Ritter kniete sich zu Cades Füßen auf den Boden. Er wollte schon etwas sagen, machte den Mund jedoch wieder zu. Olsen kam es so vor, als würde der andere einen inneren Kampf ausfechten, doch für Rücksichten war jetzt nicht Zeit.
»Um Himmels willen, nun spuck's schon aus«, brummte Olsen ungehalten.
Anscheinend hatte er den richtigen Ton getroffen, denn Duncan richtete sich auf und blickte ihn an. »Erinnerst du dich an die Sache mit dem Hubschrauber? Damals in der Nacht beim Unterschlupf des Nekromanten?«
Wie konnte Olsen das jemals vergessen? Sie hatten den Nekromanten und seinen schändlichen Rat der Neun in den Sümpfen von Louisiana aufgespürt und den entscheidenden Angriff gestartet, um sich die Lanze des Longinus wiederzuholen, die die Bande dem Orden gestohlen hatte. Duncan und Olsen flogen gerade mit einem Hubschrauber über den Schlupfwinkel des Nekromanten, als dieser einen Wolkendämon zu Hilfe rief, der mit dem Helikopter kurzen Prozess machte. Dem Piloten blieb gerade noch Zeit, sie zu warnen, da stürzten sie auch schon ab und krachten durch das Dach des verfallenen Herrenhauses unter ihnen.

»Was ist damit?«, fragte Olsen.

»Damals wärst du beinahe gestorben.«

»Ja, und?« Olsen rieb sich unwillkürlich die Brust. Erst im Nachhinein hatte er erfahren, dass er sich beim Absturz eine riesige Glasscherbe in die Brust gerammt hatte. Es war nur Duncans schnellem Eingreifen zu verdanken, dass er mit dem Leben davongekommen war.

Duncan zögerte, dann redete er überstürzt weiter. »Als ich dich fand, warst du schon fast tot. Diese Riesenscherbe ragte aus deiner Brust. Überall war Blut. Ich hatte keine andere Wahl. Ich musste es tun.«

Er hatte keine Wahl? Musste es tun? Wovon, zum Teufel, redete der Junge? Olsen wollte gerade nachfragen, doch Riley kam ihm zuvor.

»Was hast du getan, Duncan?«, erkundigte er sich leise.

Der jüngere Mann blickte seinen Kameraden an, als sehe er ihn zum ersten Mal. Er hob in einer hilflosen Geste die Hände. »Ich habe ihn geheilt«, stieß er schließlich hervor.

Die beiden anderen starrten ihn verblüfft an. Endlich fand Riley seine Stimme wieder. »Du hast was?«

»Was ich gesagt habe. Ich habe ihn *geheilt*. Er hatte nur noch kurze Zeit zu leben. Überall war Blut, und diese Scherbe hatte seine Lunge durchbohrt. Er wäre entweder verblutet oder an seinem eigenen Blut erstickt. Ich musste etwas tun.« Duncans Augen gingen zwischen den beiden hin und her, flehend, wie es Olsen schien. Bat er vielleicht um Vergebung?

Dann richtete Duncan seinen Blick wieder auf Olsen. »Als ich dir diese Scherbe aus der Brust zog, spritzte das Blut wie eine Fontäne heraus. Da habe ich, ohne zu überlegen, die Hände auf deine Wunde gelegt, Gott um Hilfe angefleht, und dann ... habe ich dich geheilt. So wie ich das eben mache.«

Olsen blickte ihn stumm an. Es war eine fantastische Geschichte, doch in seinem tiefsten Inneren wusste er, dass Duncan die Wahrheit sagte. Er hatte ihn geheilt, daran bestand kein Zweifel. Aber was sollten seine letzten Worte bedeuten?

Anscheinend versuchte auch Riley, das Gehörte zu erfassen. »›So wie ich das eben mache‹, hast du gesagt. Heißt das, du hast es schon einmal getan?«

Duncan nickte. »Viele Male, seit ich ein kleiner Junge war. Meilenweit kamen sie herbei, die Kranken und Verletzten, zu Pastor Duncan und seinem Wunderkind.«

Als Olsen den bitteren Unterton in Duncans Stimme hörte, wusste er, dass er ihnen noch nicht alles erzählt hatte. Doch dafür war jetzt keine Zeit. Er lenkte das Gespräch wieder auf die Gegenwart. »Kannst du Cade heilen?«, fragte er und fürchtete sich vor der Antwort.

Duncan nickte. »Ich glaube schon. Zumindest kann ich es versuchen.«

»Na dann los.«

Riley packte Olsen beim Arm und blickte ihn mit besorgter Miene an. »Ich weiß nicht, Mann. Was ist, wenn etwas schiefgeht? Wenn es mehr schadet als nutzt?«

Doch Olsen hatte genug gehört. Instinktiv wusste er, dass es ihre einzige Chance war. Er schüttelte Rileys Hand ab, sah ihm fest in die Augen und sagte: »Schau dich doch um, Matt! Hast du den Eindruck, dass wir auch nur ein Stück weiterkommen? Wenn er Cade heilen kann, dann könnte der uns vielleicht durch den Schleier zurück in die Wirklichkeit führen. Es ist unsere letzte Chance. Und vor allem Cades letzte Chance! Sieh ihn dir an; wenn es so weitergeht, hält er keine zwei Stunden mehr durch!«

Riley nickte wortlos. Sie mussten es versuchen.

»Was sollen wir dabei tun?«, fragte Olsen Duncan.

Der Jüngere schüttelte den Kopf. »Nichts. Das nehme ich jedenfalls an. Es liegt in Gottes Hand. Ich bin nur das ausführende Werkzeug.«

Riley rückte zur Seite, damit Duncan sich neben Cade setzen konnte. Unter den Blicken seiner beiden Kameraden bekreuzigte sich Duncan und sprach mit gesenktem Kopf ein Gebet. Dann holte er tief Luft und legte die Hände auf den Verband, der Cades Wunde bedeckte.

Einige Sekunden lang geschah gar nichts. Duncan saß einfach da, mit geneigtem Kopf, die Hände auf Cades Wunde. Seine Miene verriet äußerste Konzentration. Olsen wurde immer ungeduldiger und wollte gerade etwas sagen, da fuhr Duncan zurück und zog mit einem Ruck die Hände von Cades Gesicht.

»Scheiße!«

Olsen hatte seinen Teamkameraden noch nie zuvor fluchen hören und war entsprechend überrascht, als der Aufschrei durch den leeren Korridor hallte. »Was ist los?«, fragte er.

»Da ... stimmt was nicht. In Cades Kopf.«

»Du meinst die Wunde?«

»Nein, in seinem Kopf ist etwas, was nicht da hingehört.«

Das klang nicht gut. »Kannst du es entfernen?«, fragte Riley.

Duncan schüttelte den Kopf. »Das ist es ja eben. Ich glaube, das sollte ich lieber nicht tun.« Dann fuhr er, an beide Männer gewandt, fort: »Ich habe schon mitbekommen, dass seit Cades Begegnung mit ... diesem Ding ... wie nennt er es noch mal?«

»Den Widersacher«, kam ihm Riley zu Hilfe.

»Genau. Ich weiß, dass er seit der Begegnung mit diesem Widersacher über ungewöhnliche Fähigkeiten verfügt. So wie das, was er mit seinen Händen macht. Oder seine Reisen ins Jenseits. Das konnte er doch vorher nicht, oder?«

»Nicht dass ich wüsste«, erwiderte Olsen und schaute Riley an. Der bestätigte seine Worte mit einem Nicken.

»Das bedeutet also, dass der Widersacher ihm nicht nur diese Verletzungen zugefügt, sondern auch neue Kräfte verliehen hat.«

»Und?«

»Diese Kräfte benötigen wir, um hier herauszukommen«, erklärte Duncan. »Auf den Heilungsprozess selbst habe ich keinen Einfluss. Ich meine, ich kann ihn nicht steuern oder so. Was ist, wenn ich nun Cade heile und dabei gleichzeitig alle Fähigkeiten zerstöre, die ihm der Widersacher verliehen hat? Was machen wir dann?«
Die drei Männer schauten einander ratlos an. Wenn sie nichts unternahmen, würde Cade wahrscheinlich sterben. Wenn sie ihn heilten, retteten sie ihm vielleicht das Leben, säßen aber möglicherweise für immer im Jenseits fest. Sie waren in einer echten Zwangslage.
»Warte mal!«, rief Riley. »Du hast ihn doch schon mal geheilt, und dabei ist auch nichts passiert, oder?«
»Was? Wovon sprichst du?«
Olsen wusste genau, was Riley meinte. Plötzlich wurde ihm einiges klar. »Neulich im Krankenhaus. Bevor wir zu diesem Wahnsinnsunternehmen aufgebrochen sind. Cade war so schwach, dass er sich kaum rühren, geschweige denn aufstehen konnte. Unmittelbar vor der Besprechung mit dem Präzeptor bist du mit Cade allein im Krankenzimmer geblieben, und zwanzig Minuten später kommt der Knight Commander in den Sitzungsraum spaziert, als wäre nichts gewesen. Das hätte er niemals aus eigener Kraft schaffen können. Du hast ihn geheilt, stimmt's? So muss es gewesen sein!«
Doch Duncan schüttelte den Kopf. »Nein, ich habe ihn nicht geheilt. Ich habe nur einige Gebete gesprochen und bin dann gegangen.«

Jetzt war Olsen völlig verwirrt. »Aber wenn du es nicht warst ... wer dann?«
Er erhielt keine Antwort auf seine Frage, denn in diesem Augenblick gaben die übrigen Männer vom Team Alarm.
Irgendetwas kam durch den Tunnel auf sie zu.

30

"Olsen, du bleibst bei Cade. Duncan, du kommst mit mir«, rief Riley, schon halb auf dem Weg den Gang hinunter.
Duncan trat einen Schritt näher zu Cade, der noch immer reglos auf dem Boden lag. »Ich würde lieber hierbleiben«, sagte er.
Riley wusste, dass nicht Feigheit, sondern Angst um den Commander aus seinen Worten sprach, doch solche Eigenmächtigkeiten konnte er gerade jetzt am allerwenigsten gebrauchen. Seine Antwort fiel entsprechend schroff aus: »Nichts da! Du kennst dich hier noch am ehesten aus, also wirst du mit mir vorangehen und Augen und Ohren offen halten. Los jetzt!«
Widerstrebend gehorchte Duncan, und sie liefen zusammen den Gang entlang zurück zu Ortega. Alle waren sie müde, ausgepumpt und verunsichert, zumal sie ohne ihren Anführer auskommen mussten. Einem erneuten Feuergefecht fühlten sie sich kaum gewachsen, doch genau das stand ihnen vermutlich bevor.
Riley verabscheute Tage wie diese.

Kurz darauf standen sie neben Ortega, der an einer scharfen Biegung des Tunnels Wache hielt. Von dieser Stelle aus hatte er im Schutze der Dunkelheit einen ausgezeichneten Überblick über den langen Abschnitt des Gangs, durch den sie zuvor gekommen waren. »Was gibt's denn?«, fragte Riley, wobei er unbewusst die gleichen Worte wie der Commander benutzte.

Ortega deutete wortlos in den Tunnel. Vom anderen Ende her näherte sich langsam ein blasser Lichtschein. Er war noch ganz schwach und kaum zu erkennen, doch Ortegas Aufmerksamkeit entging so schnell nichts. Riley war dankbar, dass er an diesem Ort so tüchtige Männer zur Seite hatte.

»Gut gemacht«, sagte er und klopfte Ortega auf die Schulter. Dann konzentrierte er sich auf den Lichtschimmer und überlegte, was das sein könnte. Da sie in dieser vermaledeiten Gegend bisher niemanden getroffen hatten, der ihnen wohlgesonnen war, erwartete Riley auch jetzt nichts Gutes. Sie konnten hierbleiben und sich zum Kampf stellen oder versuchen, diesem neuen Feind durch Flucht zu entkommen.

Aber machte das einen Unterschied? Es stand in jedem Fall schlecht um sie. Am Ende gab der Gedanke an Cade, der dringend eine Ruhepause brauchte, den Ausschlag. Riley entschied sich zu kämpfen.

Also blieb er stehen und lauerte darauf, dass die unbekannte Erscheinung nahe genug kam, um sie erkennen zu können.

Er brauchte nicht lange zu warten.

Der Lichtschein kam rasch näher, und bald konnten sie eine menschliche Gestalt ausmachen.

Sie war mit einem schweren braunen Umhang bekleidet, dessen Kapuze das Gesicht vollständig verbarg. Die Hände hatte sie in die weiten Ärmel gesteckt. Die Gestalt war von mittlerer Größe und wirkte selbst unter dem voluminösen Umhang klein und zierlich. Der blasse Schimmer, der sie umgab, ließ sie unwirklich und körperlos erscheinen.

Das brachte Riley auf einen äußerst beunruhigenden Gedanken.

Würden ihre Waffen im Ernstfall gegen dieses Ding überhaupt etwas ausrichten können?

Doch im Unterschied zu allem, was ihnen hier begegnet war, ging von diesem Wesen bisher nichts Bösartiges aus. Daher schöpfte Riley die leise Hoffnung, dass sie diesmal verschont bleiben würden.

Doch dann sagte Duncan etwas, das alles veränderte.

»Das kann doch, verdammt noch mal, wirklich nicht wahr sein ...«, flüsterte er kaum hörbar und setzte sich in Bewegung.

»Was ist?«, fragte Riley und versuchte, seinen Kameraden zurückzuhalten, doch Duncan war schon zu weit entfernt. Riley musste tatenlos mit ansehen, wie der andere weiterging und dann, im Angesicht der herannahenden Gestalt, mitten im Korridor stehen blieb.

Riley spürte, wie unruhig und gespannt die Männer um ihn herum waren. Er streckte die rechte Hand mit der Handfläche nach unten aus und ließ sie dann langsam sinken. Das war das Zeichen, dass sie sich still verhalten und noch nicht eingreifen sollten. Er hatte keinen Schimmer, was Duncan beabsichtigte, doch Riley war bereit, ihn gewähren zu lassen.

Währenddessen war die Gestalt immer näher gekommen, bis sie keine zehn Meter mehr entfernt war. Kurz vor Duncan blieb sie stehen. Die beiden starrten einander an, während Riley die Szene beobachtete. Er richtete die Mündung seiner Waffe über Duncans Schulter hinweg auf die Erscheinung und wusste, dass seine Männer das Gleiche taten.

Schier endlos schienen sich die Minuten hinzuziehen, und wie immer kurz vor einem Angriff hatte Riley das Gefühl, als schärften sich seine Sinne. Er hörte, wie das Gewand des Fremden beim Gehen über den Boden schleifte, und sah Duncans Fingerknöchel weiß hervortreten, als der seine MP5 fester packte.

Riley schlug das Herz bis zum Hals.

Jetzt geht's los, dachte er.

Doch zu seiner Überraschung kam es nicht zum Angriff. Stattdessen ergriff der Fremde das Wort.

»Weißt du, wer ich bin?«

Die Stimme war lieblich und furchtbar zugleich, melodisch und doch misstönend.

Aber der größte Schock war Duncans Antwort.

»Du bist Gabrielle. Gabrielle Williams.«

Gabrielle? Cades verstorbene Frau? Riley traute seinen Ohren kaum.

Gabrielle legte den Kopf schief, als würde sie über

Duncans Antwort nachdenken, und Riley bemerkte, dass sein junger Teamkamerad noch immer die Waffe umklammerte. Offenbar war die Gefahr nicht vorüber.

»Ja«, antwortete sie schließlich langsam, beinahe zögernd. »Ja, das ist mein Name.«

Duncan nickte, blieb jedoch wachsam.

»Was willst du?«

Wieder zögerte sie lange. Riley fragte sich, ob sie sich erst ihre Antworten überlegen musste oder ob etwas anderes dahintersteckte. War sie wirklich diejenige, die zu sein sie vorgab? Wie konnten sie das wissen?

»Bring mich zu Cade«, sagte sie unvermittelt.

Ja, das dachte ich mir, ging es Riley durch den Kopf. Ihm gefiel die Idee überhaupt nicht.

»Du kannst mir sagen, warum du hier bist, dann gebe ich es weiter«, entgegnete Duncan, dem anscheinend ebenfalls unwohl bei der Sache war. Mit einer fast unmerklichen Bewegung richtete er die Gewehrmündung noch gezielter auf die Frau vor ihm.

Gabrielle, wenn sie es denn wirklich war, schüttelte den Kopf. »Er stirbt. Ich muss ihn sehen.«

Jetzt war es an Duncan zu zögern. Riley wusste, dass Cade so weit hinten im Tunnel lag, dass er selbst mit einem übernatürlich geschärften Blick nicht zu erkennen war. Gabrielle konnte daher weder seine Wunden noch den Zustand, in dem er sich befand, gesehen haben. Und dennoch wusste sie, dass ihr Mann in Lebensgefahr schwebte, und war zu ihm gekommen.

Doch Duncan war noch nicht überzeugt. »Woher sollen wir wissen, dass du es wirklich bist?«

Gabrielle starrte ihn an, und unwillkürlich hielten Riley und Duncan den Atem an. Wenn hier etwas faul war, würde es sich jetzt zeigen. Wie auf eine geheime Absprache hin legten beide den Finger an den Abzug ihrer Waffe, bereit, ihre Kameraden und ihren verwundeten Anführer zu verteidigen.

Doch das war nicht nötig. Gabrielle schien zu verstehen, in welcher Zwickmühle sie sich befanden. Ohne ein weiteres Wort zog sie sich die Kapuze vom Kopf. Riley zuckte zusammen, als er den weißen Knochen zwischen ihren Fingern hindurchschimmern sah, doch das wahre Entsetzen ergriff alle Umstehenden, als sie ihr entblößtes Gesicht sahen.

Einstmals, im Leben, war sie eine hübsche, ja sogar schöne Frau gewesen, und ihre rechte Gesichtshälfte zeugte noch von dieser Schönheit. Dort war die Haut seidig glatt und makellos, die Lippen voll und üppig. Das Haar fiel ihr in sanften Wellen über die Wange, so weich und glänzend, dass man es am liebsten gestreichelt hätte.

Doch die linke Seite bot ein Bild des Grauens. Die Haut war weggerissen. Alle Muskeln, Sehnen und Adern lagen offen da. Weiß stachen ihre Zähne gegen das dunklere rohe Fleisch ab, da keine Lippe mehr existierte, um sie zu bedecken. Ihr linkes Auge war nur noch eine milchweiße Kugel, die sich jetzt mit unheilvollem Blick auf Duncan richtete.

»Ich bin Gabrielle Williams, und mein Mann liegt im Sterben. Entweder bringst du mich jetzt zu ihm, oder ich gehe allein.«
Nach kurzem Zögern nickte Duncan.

31

Duncan drehte sich um und bedeutete Gabrielle, ihm zu folgen. Dann eilte er durch den Korridor, dorthin wo Olsen bei ihrem verwundeten Kameraden Wache hielt. Als Gabrielle an ihm vorüberschritt, spürte Riley eine plötzliche Kälte, als stünde er barfuß im knietiefen Schnee. Er ließ sie passieren und folgte ihr dann in geringem Abstand. Falls es Gabrielle etwas ausmachte, zwischen zwei schwerbewaffneten Soldaten eingekeilt zu sein, ließ sie es sich zumindest nicht anmerken. Riley rief Olsen über Funk: »Wir kommen jetzt zu dir. Und wir haben einen Gast dabei.«
»Verstanden. Verrätst du mir auch, wer es ist?«
»Du würdest es mir ja doch nicht glauben.«
Inzwischen waren die drei so weit gekommen, dass Gabrielle Cades reglosen Körper auf dem Boden liegen sah. Da drängte sie Duncan beiseite und rannte auf ihren verletzten Mann zu.
Der überraschte Olsen stellte sich vor seinen Freund und hob die Waffe, doch Riley, der schon etwas Ähn-

liches geahnt hatte, winkte seinen Kameraden beiseite. Er wusste nicht, wozu Gabrielle fähig war, und wollte es auch nicht unbedingt ausprobieren.
Olsen trat wie befohlen zur Seite.
Ohne ihn weiter zu beachten, kniete sich Gabrielle neben ihren Mann. Sie betrachtete ihn lange und eingehend, berührte ihn jedoch nicht. Dann schloss sie die Augen und sagte nach kurzem Schweigen: »Er hat innere Blutungen. Wenn wir die nicht bald stoppen, stirbt er.«
Ihre Stimme klang völlig emotionslos, so als redete sie über einen defekten Kühlschrank und nicht über ihren geliebten Ehemann, der in tödlicher Gefahr schwebte. Diese nüchterne Kälte stand in auffallendem Gegensatz zu ihrem vorherigen Verhalten.
Langsam drehte sie den Kopf und schaute jeden Einzelnen an, bis ihr Blick auf Duncan fiel. Sie schauten einander an, und Riley hatte das Gefühl, als ginge irgendetwas zwischen ihnen hin und her, doch was das war, hätte er nicht sagen können. Duncan stand auf und ließ sich an Cades anderer Seite, gegenüber von Gabrielle, nieder.
»Was soll ich tun?«
Während Gabrielle Duncan erklärte, was sie vorhatte, stand Riley dabei und überlegte, was sie alles in den vergangenen vierundzwanzig Stunden erlebt hatten. Sie hatten gegen Reaper-Dämonen gekämpft, einen wiederauferstandenen Engel gesehen und die Barriere zum Jenseits überwunden; und jetzt saßen sie hier und

bekamen medizinische Ratschläge von der längst verstorbenen Frau ihres Commanders. Es war wahrhaftig ein langer, verrückter Tag gewesen.
Hoffentlich war er bald vorüber.
»Master Sergeant?«
Woher zum Teufel weiß sie das? »Ja?«, antwortete er, jetzt wieder ganz bei der Sache.
»Wir können es jetzt versuchen.«
»Gut. Was muss ich tun?«
Gabrielle schüttelte den Kopf. »Nichts. Wir dringen jetzt in Cades Kopf ein, und er«, sagte sie mit Blick auf Duncan, »wird alles versuchen, um den Schaden zu beheben, während ich andere ... unerfreuliche Elemente in Schach halte. Entweder schafft er es oder nicht. So einfach ist das.«
»Bist du bereit?«, fragte Riley Duncan. Der junge Mann wirkte noch grauer als eine Stunde zuvor, was angesichts der Tatsache, dass es hier überall nur Grautöne gab, an ein Wunder grenzte.
»Habe ich eine Wahl?«
»Nein«, sagten Riley, Olsen und Gabrielle wie aus einem Munde.
»Na gut, ich schätze, dann bin ich so weit.« Er holte tief Luft, streckte seine Hände aus und legte sie auf Cades Gesicht.
Gabrielle wartete einen Augenblick, dann legte sie ihre Hände über die seinen.
Duncan musste sich beherrschen, bei ihrer eiskalten Berührung nicht merklich zusammenzuzucken.

Gabrielle neigte den Kopf und begann mit leiser Stimme zu sprechen. Immer wieder sagte sie die gleichen unverständlichen Worte, bis schließlich ein schimmerndes weißes Licht von ihren Händen aufstieg und Cades Gesicht und Kopf umgab.
Dort hielt es sich eine Weile, um dann plötzlich mit einem Blitz zu verlöschen.
Duncan schnappte nach Luft und zog seine Hände fort. Die Verbindung brach ab. Ganz langsam trat Farbe in Cades Gesicht. Es war das einzige Fleckchen, das nicht nur aus Grautönen bestand.
Riley sah das als gutes Zeichen an.
Gabrielle schaute zu ihm herüber. »Die Gefahr ist vorbei. Er ruht sich jetzt aus und wird bald aufwachen.«
Aus dem Augenwinkel konnte Riley erkennen, dass Duncan Gabrielle mit beinahe ehrfürchtiger Miene anstarrte. Der Master Sergeant konnte es ihm nicht verdenken, er selbst war von der Dame ebenfalls schwer beeindruckt. Jetzt wandte er sich wieder handfesten Problemen zu. »Bleibt immer noch die Frage, wie wir hier wieder rausfinden«, sagte er, »und wie wir diesem durchgeknallten Engel entkommen.«
»Cade kennt den Namen des Engels«, erwiderte Gabrielle und schaute ihn dabei eindringlich an. Riley war sicher, dass ihre Bemerkung etwas zu bedeuten hatte; er wusste nur nicht, was.
»Und was hilft uns das? Sollen wir ihn vielleicht damit hänseln?«

War das da eben der Anflug eines Lächelns auf ihrem Gesicht? Wenn ja, war er schon wieder verschwunden.
»Namen besitzen Macht«, erklärte sie ihm. »Wenn ihr den richtigen Namen wisst, könnte ihr sogar das Himmelstor erstürmen.«
»Okay. Was sollen wir also mit dem Namen anfangen?«
Jetzt lächelte sie tatsächlich, aber nicht freundlich, sondern kalt. »Du, Master Sergeant Matthew Cornelius Riley, wirst den Engel mit bloßen Händen binden.«
Die Vorstellung behagte Riley ganz und gar nicht. Trotzdem setzte er sich hin und hörte ihr zu.

Als sie fertig waren, erklärte Gabrielle, sie werde jetzt einen Spalt zwischen den Welten öffnen, damit sie auch ohne Cades Hilfe wieder in ihre eigene Wirklichkeit zurückkehren konnten. Nachdem die Männer ihre Ausrüstung zusammengesucht und sich bereitgemacht hatten, ging sie ein Stück den Korridor hinunter. Vor einem sauberen, unbeschädigten Wandabschnitt blieb sie stehen, breitete die Arme aus und schlug dann die Hände rasch und kräftig zusammen, so wie es der Engel zuvor getan hatte.
Vor Rileys Augen bildete sich auf der Wand ein Riss, der sich kurz darauf von der Decke bis zum Boden zog. Leuchtend blaue Energie drang heraus. Gabrielle griff mit beiden Händen in den schimmernden Energiestrom und riss die Öffnung noch weiter auseinander. Daraufhin erhob sich ein lautes Geheul, als protestierten die

Wände gegen diesen Eingriff, doch Riley konnte erkennen, dass der Spalt jetzt wesentlich größer war. Als Gabrielle einen Schritt zurücktrat, sah er, dass von der anderen Seite eine Wasserwand gegen die Öffnung drückte, jedoch von einer unsichtbaren Barriere zurückgehalten wurde. Das Blaugrün des Wassers stach grell von der grauen Umgebung ab.

Riley wandte sich an die Männer, die hinter ihm standen. »Gut, hört zu! Wenn ihr durch die Öffnung geht, werdet ihr verwirrt und orientierungslos sein. Ihr befindet euch dann ein ganzes Stück unter Wasser. Trotzdem keine Panik. Ich wiederhole, keine Panik.« Er blickte jedem Einzelnen direkt in die Augen, wie um sie wissen zu lassen, dass er volles Vertrauen in ihre Fähigkeiten hatte. »Beim Übergang vergisst man manchmal etwas oder kann nicht mehr so rasch denken. Doch wenn ihr Ruhe bewahrt, geht alles glatt. Haltet Ausschau nach euren Luftblasen und folgt ihnen bis an die Oberfläche.« Er wandte sich an Olsen: »Du bist für Cade verantwortlich. Sobald du und Chen durch den Spalt hindurch seid, schwimmt, so schnell ihr könnt, mit ihm nach oben.« Olsen nickte nur. Keiner von ihnen erwähnte, wie gefährlich es war, einen bewusstlosen Mann zu lange unter Wasser zu halten. Manche Risiken ließen sich eben nicht vermeiden.

»Wir wissen nicht, was uns auf der anderen Seite erwartet, also seid auf der Hut, wenn ihr an die Oberfläche kommt.«

»Was ist mit unseren Waffen?«, wollte Ortega wissen.
»Wenn du eine wasserdichte Tasche hast, nimm die. Wenn nicht, kannst du die Waffen nur gut einwickeln und das Beste hoffen.«
Riley ließ den Blick noch einmal über die Gruppe schweifen, dann nickte er zufrieden und drehte sich zu dem Spalt in der Wand um. »Los, raus hier!«, rief er, und die Männer vom Echo-Team gehorchten unverzüglich. Olsen und Chen hoben Cade auf und trugen ihn zu Gabrielle und Riley hinüber. Duncan war Davis behilflich, da dieser noch immer den Arm in der Schlinge trug. Hinter ihnen kam Ortega, und Riley bildete die Nachhut.
Einer nach dem anderen trat bis dicht vor den Spalt, atmete tief ein und stürzte sich in die Öffnung.
Als Riley an der Reihe war, beugte er sich zu Gabrielle hinüber, damit sie ihn bei dem unablässigen Geheul verstehen konnte. »Er hat nach dir gesucht, weißt du. Er hat dich noch immer nicht aufgegeben.«
Ein trauriges Lächeln trat auf die unversehrte Seite ihres Gesichts. »Ich weiß.« Sie zögerte einen Augenblick und fuhr dann fort: »Wenn er wieder nach mir suchen will, dann sag ihm, er findet mich jenseits des Meeres der Klagen auf der Insel der Trauer, dort, wo die Erde unter dem Riss im Himmel weint. Aber sag ihm auch, dass es genau das ist, was der Widersacher will.«
Riley hätte ihr gerne noch viele Fragen gestellt, doch sie unterbrach ihn: »Geh jetzt. Und denk daran, was ich

dir eingeschärft habe. Dein Leben und das Cades hängen davon ab.«
Der Erste Offizier des Echo-Teams nickte, drehte sich um und verschwand durch den Spalt zurück ins Diesseits.

32

Als Duncan die Wasseroberfläche durchstieß, sog er in tiefen Zügen die Luft in seine Lungen. Mit einem raschen Blick erkannte er, dass er sich in einem Swimmingpool befand; vermutlich war es der im Fitnessraum, wo sie auf die Reaper-Dämonen gestoßen waren. Er war so müde und erschöpft, dass es ihm vorkam, als sei das Wochen her. Soeben kletterte Olsen aus dem Becken, während Chen in der Nähe Wasser trat und dabei mit einem Arm den noch immer ohnmächtigen Knight Commander Williams festhielt.

Duncan spürte, wie etwas durchs Wasser an die Oberfläche kam, und gleich darauf tauchten Davis und Ortega neben ihm auf. Ihr verblüffter Gesichtsausdruck ließ darauf schließen, dass auch ihnen der Weg vom Jenseits bis hierher in die wirkliche Welt unerklärlich lang vorgekommen war. Obwohl sie auf Veränderungen gefasst gewesen waren, fiel ihnen doch der krasse Unterschied zwischen den brütend heißen Gängen im Jenseits und dem kühlen Wasser des Pools auf. Darüber hinaus schien der Aufstieg vom Boden des Beckens fünfmal so lang gedauert zu haben wie normal. Duncan musste daran denken, was Cade zu ihm gesagt hatte, als sie beide einmal zusammen im Jenseits waren. *Zeit und Entfernungen sind hier anders und nie so, wie du es erwartest.* Da hatte er recht gehabt, dachte Duncan.

Er hatte beinahe den Rand des Beckens erreicht, da kam Riley als Letzter an die Oberfläche. Alle sieben noch lebenden Mitglieder des Echo-Teams hatten es geschafft. Dafür sandte Duncan dankbar ein Gebet gen Himmel.

Bald darauf trockneten sich alle notdürftig mit Handtüchern ab, die sie im Umkleideraum gefunden hatten. Keiner von ihnen verspürte Lust, seinen Kampfanzug aus kugelsicherem Kevlar auszuziehen. Es war ungewiss, wo und wann der dunkle Engel mit seinen Gefährten wieder angreifen würde, deshalb mochten sie keinen Augenblick auf ihre Schutzkleidung verzichten.

Da sie insgesamt nur über zwei wasserdichte Taschen verfügten, mussten sie die meisten Waffen, so gut es ging, abtrocknen. Dabei blickten sie sich immer wieder nervös um. Schließlich waren die Gewehre wieder einigermaßen trocken, doch ob sie auch funktionstüchtig waren, stand in den Sternen.

Riley hatte eine zehnminütige Rast angeordnet und saß ein Stückchen entfernt neben Olsen. Die beiden unterhielten sich leise. Duncan war froh, dass er den niedrigsten Rang bekleidete, so brauchte er sich wenigstens

nicht den Kopf darüber zu zerbrechen, wie sie hier herauskamen, ohne erneut dieser Höllenbrut in die Arme zu laufen.
»Duncan?«
Die Stimme, obgleich schwach und leise, konnte nur einem gehören. Als Duncan herumfuhr, sah er, wie Cade sich, auf einen Arm gestützt, aufzusetzen versuchte.
»Immer langsam, Commander«, sagte Duncan, bevor er aufsprang und ihm half, sich an die Wand zu lehnen. »Wir sind in Sicherheit. Jedenfalls im Augenblick.«
Langsam schaute Cade sich um, betrachtete das Schwimmbecken und die Fitnessgeräte im Raum dahinter. »Die Männer?«, fragte er dann.
»Denen geht's gut. Davis hat einen gebrochenen Arm. Du hast dir beim Kampf mit dem Engel allerdings übel den Schädel angeschlagen. Du warst stundenlang weggetreten.« Davon, wie nahe Cade dem Tod gewesen war, von ihrem Aufenthalt im Jenseits und ihrer Begegnung mit dem Schatten von Cades verstorbener Frau erwähnte er nichts. Sie hatten sich darauf geeinigt, erst darüber zu sprechen, wenn Cade wieder ausreichend bei Kräften war.
»Riley hat die Verantwortung?«
»Ja.«
»Gut.« Sichtlich beruhigt ließ Cade den Kopf gegen die Wand sinken und war kurz darauf fest eingeschlafen.
Das überraschte Duncan nicht. Cades Körper brauchte jede Menge Ruhe, um die Kraftreserven wieder aufzu-

füllen, die er während des Heilungsprozesses verbraucht hatte. Der Sergeant lehnte sich ebenfalls gegen die Wand und seufzte. Schön, dass wenigstens einer von ihnen Ruhe fand.

In diesem Augenblick blies ein Schwall heißer Luft wie aus dem Nichts durch den Raum. Es roch nach verbranntem Fleisch und heißem Teer. Ebenso schnell war die Böe wieder verschwunden, und Duncan dachte schon, er habe es sich nur eingebildet. Doch da war es wieder, jetzt noch viel stärker. Da wusste Duncan, dass sie in Schwierigkeiten steckten. Ein dumpfes Grollen ertönte, als donnerte es in weiter Ferne, doch noch bevor Duncan auf die Beine gekommen war, dröhnte es schon in seinen Ohren, als käme ein Zug auf ihn zugerast. Immer näher und näher, bis das Getöse sie von allen Seiten umgab.

Dann ein greller Blitz ... und der Engel war mitten unter ihnen. Mit einem einzigen raschen Hieb fuhr sein Flammenschwert durch Ortegas Rüstung, als wäre sie gar nicht vorhanden, und Ortegas Körper fiel in zwei verkohlte Hälften auseinander. Mit ein paar Schlägen seiner gewaltigen Schwingen erhob sich der Engel in die Luft. Die heißen Böen, die er dabei aufwirbelte, rissen die Männer von den Beinen.

Abermals stürzte sich der Engel mit gezogenem Schwert auf sie herab, doch diesmal gelang es Chen, den Schlag mit dem Kolben seiner Waffe zu parieren. Wo das flammende Schwert es traf, schmolz das Metall wie Wachs. Das Echo-Team reagierte blitzschnell. Als der Engel nach seinem vergeblichen Angriff auf Chen wieder zur Decke hinaufflog, feuerten Olsen und Riley ganze Salven hinter ihm her.

Doch diesmal war der Engel darauf vorbereitet. Er drehte sich, schlug Haken in der Luft und vollführte Ausweichmanöver, um die ihn jedes Fliegerass beneidet hätte. Keine einzige Kugel brachte ihm auch nur eine Schramme bei.

Dann schoss der Engel bis ganz nach oben an die Decke ... und war verschwunden.

»Wir sitzen in der Klemme«, sagte Olsen, als er sein leeres Magazin wegwarf und ein neues in seine Waffe schob. Dabei schaute er sich im ganzen Raum nach einer Spur ihres Feindes um.

Riley antwortete nicht. Er dachte an den Augenblick, unmittelbar bevor er durch die Öffnung zurück in die Wirklichkeit geschlüpft war. *Dein Leben und das von Cade hängen davon ab,* hatte Gabrielle zu ihm gesagt.

Ohne Zweifel hatte sie etwas gemeint, womit er den Engel besiegen konnte. Wenn er sich doch nur erinnern könnte, was es war!

Da kam schon wieder dieses Grollen, leise zunächst, doch dann immer stärker.

»Da ist er wieder!«, brüllte Riley und blickte verzweifelt in alle Richtungen, um herauszufinden, von wo er diesmal kam. Dabei zermarterte er sich das Hirn, was Gabrielle zu ihm gesagt hatte.

Das Grollen steigerte sich von einem Dröhnen zu

Donnergetöse ... dann brach der Engel durch die Wasseroberfläche des Swimmingpools brach. Um ihn herum verdampfte das Wasser und stieg in dichten Schwaden auf.

Duncan geriet in den heißen Dampf, der ihm Hände und Gesicht verbrühte. Mit einem Schmerzensschrei stürzte er zu Boden.

Von den sieben Männern, die durch den Spalt zwischen den Welten entkommen waren, waren nur noch vier kampffähig.

Vier sterbliche Menschen gegen die Macht und Stärke eines gefallenen Engels.

Es war hoffnungslos.

Davis stützte den Kolben seiner Waffe gegen einen Türrahmen und feuerte, so gut es mit seinem gebrochenen Arm ging. Chen, der in der Nähe stand, ging plötzlich die Munition aus. Er warf die nun nutzlose MP5 weg, zog sein Schwert und lief zu Davis, um dem verwundeten Kameraden beizustehen.

Riley tobte innerlich vor hilfloser Wut. *Du Idiot! Wie konntest du es nur vergessen?*

Als der Engel zum dritten Mal auf sie herabgeschossen kam, versagte plötzlich Rileys MP. Er versuchte nachzuladen, aber auch das half nichts. Sie funktionierte einfach nicht mehr.

Schon war der Engel über ihm. Riley blieb keine Zeit mehr, seine Pistole, geschweige denn sein Schwert zu ziehen. *Gegrüßet seist du, Maria, voll der Gnade ...*

Da krachte ein Schuss fast unmittelbar neben seinem

Ohr. Als er sich umdrehte, erblickte er Cade, der hoch aufgerichtet dastand und mit tödlicher Genauigkeit auf seinen Gegner feuerte, so dass der Engel im letzten Moment abdrehen musste.

»Geh in Deckung!«, rief Cade ihm zu, und gerade als Riley gehorchen wollte, fiel es ihm wieder ein. Wie ein Feuerwerk aus strahlend goldenen Lettern standen die Worte und Zeichen vor seinem inneren Auge. Er machte ein paar Schritte, bis er mitten im Raum stand, in voller Sicht des Engels. Dabei vollführte er mit den Händen die komplizierten Bewegungen, die Gabrielle ihm beigebracht hatte. Ohne diese magischen Gesten waren er und seine Gefährten so gut wie tot.

Für Ortega, und vielleicht auch für Duncan, kam jede Hilfe zu spät. Doch er hoffte und betete, dass er wenigstens die anderen retten konnte.

»Durch meinen Willen und meine Macht, mit meinem Herzen und meiner Seele rufe ich dich, Baraquel, zu mir und binde dich an meine Herrschaft.«

Noch bevor er die Worte ganz ausgesprochen hatte, durchfuhr ihn ein entsetzlicher Schmerz, der ihn taumeln ließ. Seine Arme verbogen und verdrehten sich wie im Krampf, die Finger krümmten sich zu Klauen. Die pure Energie, die er der Geisterwelt um sich herum entzog, war zu viel für einen Menschen, der nicht daran gewöhnt war. Gabrielle hatte ihn gewarnt, dass es schlimm werden würde, doch derartige Qualen hätte er sich nie träumen lassen. Er sah, wie die Adern in seinen Armen bedrohlich anschwollen, und spürte, wie das

Blut in seinem Schädel pochte. Doch er durfte jetzt auf keinen Fall aufhören, ganz egal was er sich selbst damit antat.

Als er die ersten Worte des Bindungsrituals vernahm, verharrte der Engel mitten in der Luft und hob drohend das flammende Schwert. Seine kräftigen, gleichmäßigen Flügelschläge trugen ihn. Dann kam Baraquel mit solch rasender Geschwindigkeit auf Riley herabgestürzt, dass die Luft förmlich knisterte.

Herr, beschütze uns, konnte Riley gerade noch denken, bevor er den Rest der Beschwörungsformel hervorstieß. Er war sicher, dass es nicht funktionieren würde. In wenigen Sekunden würde von ihm wahrscheinlich nichts weiter übrig sein als ein paar Brocken blutiges Fleisch. Doch, bei Gott, er musste es trotzdem versuchen.

»Sklave und Diener, Herr und Meister«, keuchte er, als die Energiewelle ihn in die Knie zwang. Der Schmerz war schier unerträglich. Er spürte, wie seine Haut sich kräuselte, als ob tausend Kakerlaken darunter krochen. Die Augen traten ihm aus den Höhlen, und er war sicher, dass sein Schädel jeden Augenblick bersten würde. Dennoch machte er weiter, denn eines war sicher: Wenn er jetzt aufhörte, wäre es sein Tod. »Mit diesen Worten nehme ich dir die Freiheit und zwinge dich in meine Dienste, hier und jetzt und für alle Zeit!«

Als der Energiestrom plötzlich versiegte, fiel Riley von heftigen Krämpfen geschüttelt hin.

Kaum hatte er das letzte Wort ausgesprochen, da stopp-

te der Engel im Flug und stürzte wenige Meter von Riley entfernt zu Boden.
Riley schnappte nach Luft, denn jetzt im Nachhinein erfasste ihn die Angst mit solcher Wucht, dass sein ganzer Körper zitterte. Als ihm klar wurde, wie knapp er dem Tod entgangen war, drehte er sich zur Seite und übergab sich.
Doch es war noch nicht vorüber.
Gabrielle hatte ihn gewarnt, dass die Bindung nur vorübergehend sei und dass man außergewöhnliche Fähigkeiten besitzen müsse, um sie aufrechtzuerhalten. Ohne diese Fähigkeiten hing der Erfolg von mehreren Faktoren ab; von Rileys Selbstvertrauen, davon, wie mächtig der Engel war, und von den Begleitumständen der Beschwörung. All das zusammengenommen ließ für Riley nur einen Schluss zu: Sie mussten hier raus, und zwar so schnell wir möglich. Während er sich mühsam aufsetzte und sich zu den anderen umdrehte, überlegte er, wie sie hinunter zum Zugtunnel und von dort aus ins Freie gelangen konnten.
Doch Cade hatte andere Pläne.

33

Der Commander ging an Riley vorbei und trat neben Baraquel. Er begann, den am Boden liegenden Engel mit Fußtritten zu traktieren. Immer und immer wieder trat er zu, ohne ein einziges Wort.

Mindestens zwei, vielleicht sogar drei seiner Männer waren tot, andere verwundet, und dieses Ding dort war schuld daran, so wie der Widersacher schuld am Tod seiner Frau war. Er hasste diese verachtenswerten Kreaturen mit einer Leidenschaft, die aus persönlichem Verlust und Schmerz geboren war, und sein Hass war im Verlauf dieser Mission nur noch stärker geworden.

»Lass ihn, Cade! Wir müssen hier weg!«

Cade beachtete die Worte seines Ersten Offiziers nicht. Hier konnte er Informationen bekommen, und er war fest entschlossen, die Gelegenheit zu nutzen.

Er hörte auf zu treten, beugte sich vor und drehte Baraquel auf den Rücken. Der Engel blieb liegen, wie er war, nicht in der Lage, auch nur eine Feder zu rühren, solange Riley es ihm nicht befahl.

Cade beugte sich tief hinunter und blickte dem selbsternannten Herrn von Eden in die Augen. »Du hast die Menschen hier abgeschlachtet, die dich wieder zum Leben erweckt haben. Ich will wissen, warum.«
Doch der Engel ignorierte ihn.
»Sag ihm, was er wissen will, Baraquel«, befahl Riley, der darauf brannte wegzukommen.
Noch immer gab der Engel keine Antwort.
Das war kein gutes Zeichen, dachte Riley. Verlor er schon die Kontrolle über ihn?
Cade zog sein Schwert. »Du wirst mir jetzt sagen, was ich wissen will, oder ich werde dich dazu zwingen.«
Baraquel grinste ihn höhnisch an. »Du kannst mir nichts tun«, sagte er herausfordernd, und seine Augen funkelten.
Doch Cade studierte schon seit vielen Jahren das Wesen der Engel. Auf diesem Wege hoffte er, Informationen über den Widersacher zu gewinnen, dieses Ungeheuer, das seine Frau getötet und ihn an Leib und Seele verstümmelt hatte. Bei seinen Studien hatte er so manches gelernt, und etwas davon fiel ihm jetzt wieder ein.
Die Flügel!
»Das behauptest du. Aber was ist, wenn ich dir diese Flügel abhacke mit einer Waffe, die vom Vertreter Gottes auf Erden während einer Heiligen Messe geweiht wurde? Was ist dann mit deiner Macht? Und was hindert mich daran, danach noch ein bisschen weiterzumachen?«
Die Kraft eines Engels lag in seinen Flügeln. Wenn

man ihm die nahm, war er praktisch hilflos. Cade stieß mit der Kante seines Schwertes immer wieder gegen die einzelnen Körperteile seines Gegners. »Was machst du, wenn ich dir einen Arm abhacke? Oder ein Bein? Oder Hand und Fuß? Was machst du dann, Baraquel?«

»Das wagst du nicht!«

Zur Antwort drehte Cade die Kreatur mit einem Fußtritt auf den Bauch. Er setzte ihm einen Fuß auf den Rücken und packte mit der linken Hand den Rand eines Flügels. Zugleich hob er mit der rechten sein Schwert, bereit, es auf die Stelle niedersausen zu lassen, wo der Flügel aus der Schulter wuchs.

»Warte! Warte!«, kreischte Baraquel mit einer Stimme, die zum ersten Mal Furcht verriet.

Cade achtete nicht auf ihn. Die Beweggründe dieses Geschöpfes waren ihm mittlerweile egal. Vargas' Leute waren tot, ebenso wie seine eigenen Männer. Die Stunde der Vergeltung und der Gerechtigkeit war gekommen.

Er packte den Flügel noch fester, dann zischte sein Schwert durch die Luft.

»Ich weiß von deiner Frau! Ich kann dir etwas über deinen Feind verraten, den du den Widersacher nennst.«

Die Spitze des Schwertes schlug wenige Zentimeter neben dem Hals des Engels am Boden auf. Cade ließ den Flügel los, packte das Geschöpf bei den Haaren und zog den Kopf in die Höhe, bis er ihm ins Gesicht sehen konnte. »Was?«, fragte er.

»Ich erzähle dir alles über deinen Feind – wenn du mich freilässt.«

»Ich hacke dich in tausend Stücke, wenn du es mir nicht verrätst!«, brummte Cade.

Doch Baraquel hatte Cades schwache Stelle entdeckt und wusste, dass er bluffte. »Nein, das wirst du nicht tun. Denn dann erfährst du nie etwas. Um es selbst herauszufinden, wirst du Jahre brauchen.«

Cade ließ Baraquels Kopf unsanft auf den Boden fallen und ging ein Stück von ihm weg. Er kochte vor Wut, wusste aber, dass er sich beherrschen musste.

Riley lief auf ihn zu und fasste ihn beim Arm. »Diese Bindung ist nur vorübergehend! Ich weiß nicht, wie lange sie noch anhält. Er ignoriert schon meine Befehle. Es kann nicht mehr lange dauern, und er ist frei. Wir müssen schleunigst hier raus!«

»Wo hast du das gelernt?«, fragte Cade. In all den Jahren, in denen er Riley schon kannte, hatte dieser jede Art von Zauberei mit Argwohn betrachtet.

Riley ließ Cades Arm los und wandte den Blick ab. »Das ist doch jetzt egal. Lass uns von hier verschwinden, solange noch Zeit ist.«

Doch davon wollte Cade nichts wissen. »Sag's mir, verdammt noch mal!«, brüllte er und hielt Riley fest, so dass der ihn ansehen musste.

Der große Master Sergeant hob beschwichtigend die Hände und seufzte. »Das ist eine komplizierte Geschichte, Boss.«

»Dann legst du am besten los, bevor das Ding da drüben«, er zeigte auf Baraquel, »wieder hochkommt.«

Riley warf einen furchtsamen Blick auf den Engel, dann

begann er, so schnell und doch zusammenhängend wie möglich zu berichten. »Als Davis das Ding mit dem Schwert traf, wurden gewaltige Energiemengen freigesetzt, die unser ganzes Team ins Jenseits schleuderten.« Riley erzählte Cade, wie er selbst verwundet worden war, wie sie in den endlosen Gängen herumgeirrt waren und wer ihn schließlich gerettet hatte. »Auf einmal erschien deine Frau Gabrielle und befahl uns, sie zu dir zu führen. Mit ihrer Hilfe gelang es Duncan, deine Verletzungen zu kurieren.«

»Gabbi? Gabbi war dort?« Cades Zorn war verraucht; er fühlte sich nur noch traurig und verwirrt. Warum war sie den anderen erschienen und ihm nicht?

»Sie sagte, dass sie nur im Falle äußerster Lebensgefahr zu dir kommen könnte. Und dann trug sie mir eine Botschaft für dich auf.«

Als Cade ihn anschaute, sah Riley den Hoffnungsschimmer in seinen Augen.

»Ich soll dir sagen, du fändest sie jenseits des Meeres der Klagen auf der Insel der Trauer. Dort, wo die Erde unter dem Riss im Himmel weint. Und dann hat sie noch gesagt, dass der Widersacher will, dass du nach ihr suchst. Können wir jetzt gehen?«

»Noch nicht. Aber alle sollen sich schon mal bereithalten.«

Ohne auf Rileys wachsende Unruhe und die drängenden Blicke seiner restlichen Männer zu achten, schritt Cade wieder zu Baraquel hinüber. »Also gut, du Mistkerl«, sagte er und hielt sein Schwert so, dass er das Heft in

Form eines Kreuzes unmittelbar vor Augen hatte. »Ich gebe dir im Angesicht Gottes mein Wort, dass ich selbst dich nicht mehr verletzen werde, vorausgesetzt, du sagst mir, was ich wissen will.«

»Und deine Männer?«, fragte der gerissene Baraquel.

»Meine Männer auch nicht. Sie werden dich auf meinen Befehl hin freilassen.«

»Abgemacht!«, grinste der Engel, wobei sich sein Gesicht zu einer schauerlichen Grimasse verzog.

»Erzähl mir was über das Meer der Klagen. Und über den Widersacher.«

»Das Meer befindet sich im Zentrum dessen, was du das Jenseits nennst. Sein Wasser ist Gift für die Lebenden, und in seiner Tiefe verbergen sich die Seelen der Verstorbenen, die nicht auf die andere Seite gelangen konnten oder wollten. Der Engel Asherael, den du als den Widersacher kennst, haust auf einer Insel inmitten dieses Meeres.«

Baraquels linker Flügel zuckte ein wenig; da wusste Cade, dass ihm nicht mehr viel Zeit blieb. »Was ist sein wunder Punkt? Wie kann man ihn töten?«

»Ein Mann Gottes spricht vom Töten? Wie abscheulich!«, spottete der Engel, fuhr dann jedoch fort: »Dort gibt es eine Stadt, die Stadt der Verzweiflung. Innerhalb ihrer Mauern ist Asherael verwundbar. Um ihn zu besiegen, musst du dich ihm auf seinem eigenen Territorium stellen.«

Der Engel bewegte ein wenig den Kopf, wie um die Halsmuskeln zu lockern. »Du hast geschworen, mir

nichts zu tun«, sagte er und grinste noch breiter in Vorfreude auf das bevorstehende Gemetzel. »Aber ich habe nichts dergleichen versprochen. Ich habe deine Fragen beantwortet und deine Kränkungen hingenommen. Jetzt will ich dafür auch ein bisschen Spaß haben.«
Der Commander des Echo-Teams trat ein paar Schritte zurück, bis er außer Reichweite des Engels war, der jetzt eine Hand zur Faust ballte und wieder öffnete. Der Bindungszauber ließ nach, in wenigen Augenblicken würde Baraquel wieder frei sein.
»Los, raus hier!«, schrie Riley von der Tür her.
Doch Cade hatte noch ein weiteres Ass im Ärmel. Er hatte geschworen, dass weder er noch seine Männer dem abtrünnigen Engel etwas antun würden, doch das hieß nicht, dass nicht andere die Arbeit für ihn erledigen konnten. Es war kein geringes Risiko, doch Cade war bereit, es darauf ankommen zu lassen.
»Raus!«, rief er seinen Teamkameraden zu, ohne abzuwarten, ob sie seinem Befehl auch folgten. Denn jetzt kam es auf jede Sekunde an.
Bei seinen jahrelangen Studien hatte Cade nicht nur gelernt, wo ein Engel verwundbar war. Jetzt öffnete er sein Herz weit und hob die Hände zum Himmel. Und dann neigte Cade den Kopf und stieß einen Ruf aus, in einer Sprache, die seit vielen hundert Jahren niemand mehr auf Erden gesprochen hatte.

34

Als Baraquel den Ruf vernahm, wand und krümmte er sich, um die letzten Reste von Rileys Zauber abzuschütteln. Im gleichen Augenblick wiederholte Cade seinen Ruf.

Da setzte ein seltsames Geräusch ein. Es begann langsam und leise, wie ein kaum vernehmbares Wispern, und wurde dann immer lauter und höher, bis der ganze Raum davon widerhallte und Cade sich am liebsten die Ohren zugehalten hätte.

Und immer noch lauter wurde das Getöse. Wie Wellen brandete es gegen Cade an.

»Weißt du, was das ist, Baraquel?« Er musste schreien, um sich bei dem Lärm verständlich zu machen, der sich mittlerweile zu einem ohrenbetäubenden Kreischen gesteigert hatte. »Man nennt es den Schrei der Engel.« Immer lauter und schriller und durchdringender wurde das Kreischen, bis Cade vor Schmerz auf die Knie sank. Auch seine Männer, die entgegen seinem Befehl noch immer an der Tür standen, brachen zusammen, die Hände gegen den unerträglichen Lärm auf die Ohren gepresst.

Dann trat urplötzlich Stille ein, und da waren sie. Sieben an der Zahl, sieben strahlend leuchtende Gestalten, so erfüllt von der Herrlichkeit Gottes, dass menschliche Sinne ihren Anblick nicht ertragen konnten. Angesichts des himmlischen Glanzes kniffen die Männer vom Echo-Team fest die Augen zu.
Nur Cade nicht.
Auf seinen Ruf hin waren sie gekommen. Auf den Ruf eines Mannes hin, der sich zuletzt geweigert hatte, einen Gott zu verehren, der seine geliebte Frau so grausam hatte sterben lassen. Sie hatten die wahre Stimme seines Herzens vernommen, denn in seinem Herzen wusste er, dass es keine Rolle spielte, welche Sünden er in der Vergangenheit begangen hatte oder was ihm und seinen Gefährten in diesem Kampf noch bevorstand. Nur eines zählte; das Böse durfte nicht länger umhergehen unter den Menschen, die im Angesicht der Gefahr hilflos waren wie die Schafe auf der Schlachtbank.
Sie waren gekommen, und Cade wusste instinktiv, dass es seine Pflicht war zu bezeugen, was an diesem Tag hier geschah. Es im Gedächtnis zu bewahren für alle diejenigen, die dieses Wissen in Zukunft nötig haben würden.
Als Baraquel seine einstigen Brüder erspähte, kreischte er vor Wut auf, und endlich war der Bann, der ihn lähmte, gebrochen.
Doch ihm blieb gerade noch Zeit, sich auf seine Krallenfüße zu erheben, dann waren die sieben schon

über ihm und machten kurzen Prozess mit dem Verräter.
Als alles vorüber war, befanden sich die Männer vom Echo-Team ganz allein im Raum. Von den Engeln und ihrem gefallenen Bruder war nichts mehr zu sehen.

35

Die Männer fanden ihren Weg durch den Gebäudekomplex bis zu der unterirdischen Haltestelle. Von dort aus gingen sie durch den Tunnel bis zum Aufstieg in die Wartungshalle. Erschöpft und lädiert traten die Überlebenden endlich wieder ans Tageslicht.

Es war erst drei Tage her, dass sie nach Eden hinabgestiegen waren, doch den meisten von ihnen kam es wie drei Wochen vor.

Der schwarze Wirbeltrichter war verschwunden. Der Himmel war klar und wolkenlos, von einem strahlenden Blau, das ihnen nach dem Dämmerlicht des Stützpunktes und den grauen Gefilden des Jenseits beinahe unnatürlich erschien. Die beiden Humvees standen noch immer vor dem Gebäude, wo das Team sie abgestellt hatte, doch da Cade befürchtete, dass Baraquel sie irgendwie manipuliert haben könnte, befahl er, sie nicht zu benutzen, bis ein Techniktrupp sie überprüft hatte. Das hieß, sie mussten zu Fuß gehen.

Alle konnten es kaum abwarten, Eden zu verlassen,

und ließen es sich daher nicht zweimal sagen, als Cade den Befehl zum Abzug gab. Duncan und Chen hatten Verbrennungen an Gesicht und Händen erlitten, daher trugen Riley und Davis ihre Ausrüstung. Olsen hatte ein wachsames Auge auf Cade, falls sich die Verletzungen des Commanders wieder bemerkbar machen sollten. Der Abmarsch war weit weniger spektakulär als ihr Einzug auf das Gelände. Als gut ausgebildete Militäreinheit waren sie gekommen, in ihren modernen gepanzerten Vehikeln aus Stahl und Chrom, voller Zuversicht, dass sie mit allen Widrigkeiten fertig würden. Doch jetzt, da sie Eden verließen, wirkten sie mehr wie eine Schar abgerissener Flüchtlinge.

Sie hatten ihren Auftrag erfüllt, aber um welchen Preis. Außer den zehn Männern vom dritten Zug waren mit Callavecchio und Ortega auch zwei Mitglieder des Echo-Teams umgekommen. Ganz zu schweigen von der unbekannten Zahl von Wissenschaftlern und Mitarbeitern, die Vargas mit seinem Eden-Projekt ins Verderben gerissen hatte. Tapfere Männer hatten ihr Leben lassen müssen, doch sie hatten es für eine gute Sache geopfert, und ihr Opfer war nicht vergeblich gewesen. Im Kampf gegen die gefallenen Engel würde Cade, wenn es sein musste, bereitwillig das Leben von zehn, ja hundert oder mehr Männern aufs Spiel setzen.

Als sie die Hauptstraße entlanggingen, vorbei an den verfallenden Verwaltungsgebäuden und Quartieren, gelang es Cade, Funkkontakt zu Captain Mason herzustellen, der erleichtert war, von ihnen zu hören. Er gab Mason einen kurzen Lagebericht, teilte ihm mit, dass sie Verletzte hatten, und bat ihn, Sanitäter bereitzustellen.

Mason tat noch ein Übriges. Er schickte zwei Geländewagen, die sie unmittelbar am Tor abholten, und empfing das Team auf den Stufen zur Kommandozentrale. Als er sah, in welchem Zustand sich die Männer befanden, kam er ihnen persönlich entgegen und half Cade beim Aussteigen.

»Gelobt sei Gott«, sagte er lächelnd. »Wir hatten Sie schon aufgegeben.«

Cade zuckte vor Schmerz zusammen, sagte jedoch kein Wort davon, wie nahe sie dem Untergang tatsächlich gewesen waren.

Doch Mason musste etwas in seinem Gesicht gelesen haben, denn er beugte sich zu ihm und fragte leise und mit besorgtem Blick: »Ist es vorüber?«

Cade nickte. »Ja«, sagte er müde, »es ist vorbei.«

»Und meine Männer?«

Diesmal schüttelte Cade den Kopf. »Ich habe ihre Siegelringe mitgebracht und kann Sie zu ihren sterblichen Überresten führen. Sonst konnten wir nichts weiter für sie tun. Als wir hinkamen, waren sie schon lange tot.«

Er ersparte dem Captain bewusst weitere Einzelheiten. Das konnte warten bis zur Besprechung.

Zwar konnte sich Mason denken, dass es noch viel mehr zu berichten gab, doch für den Augenblick ließ er es gut sein. Dafür war ihm Cade dankbar; was er jetzt am dringendsten brauchte, war eine warme Mahlzeit und eine Tasse Kaffee.

Doch als er sich seinen Männern anschloss, kreisten seine Gedanken bereits um die Hinweise, die der gefallene Engel ihm gegeben hatte.
Das Meer der Klagen.
Die Insel der Trauer.
Die Stadt der Verzweiflung.
Ein grimmiges Lächeln trat auf sein Gesicht.
Jetzt hatte er ein Ziel, und er würde sich schon bald auf den Weg machen.

EPILOG

Eine Woche später.
Cade war gerade dabei, den zerborstenen Spiegel vom Boden seiner Werkstatt abzuschrauben, als das Radio neben ihm auf dem Tisch plötzlich stotterte und verstummte. Für ein paar Sekunden war nichts zu hören als der Gesang der Vögel in den Bäumen, der durch die offene Tür hereindrang. Dann brach auch dieses Geräusch ab.
Alles war still.
Cade überlief ein kalter Schauer. Er blickte zu dem Regal auf der anderen Seite des Raumes hinüber, wo sein Schwert lag. Bis dorthin würde er es unmöglich schaffen.
Da durchbrach ein Summen die Stille. Rasch wurde es immer lauter und steigerte sich schließlich zu einem hohen, gellenden Kreischen, markerschütternder als der wilde Schrei der Todesfee. Cade presste die Hände auf die Ohren und kniff vor Schmerz die Augen zusammen.
So unvermittelt wie er begonnen hatte, brach der Schrei ab.

Stille.

Als Cade die Augen öffnete, sah er die sieben in all ihrer Pracht und Erhabenheit vor sich stehen.

Er fiel auf die Knie und starrte in ehrfürchtigem Staunen auf die Erscheinungen.

Der Anführer der Gruppe trat vor und streckte den Arm nach Cade aus.

In seiner Hand hielt er eine pechschwarze Feder.

Cade fragte sich, ob sie wohl aus der Schwinge des abtrünnigen Baraquel stammte.

»Dies wirst du brauchen, Sohn Adams«, sprach eine Stimme in seinem Kopf.

Cade streckte die Hand aus und nahm die Feder entgegen. Nur eine Sekunde lang schaute er sie sich an, doch als er den Blick wieder hob, waren die Engel verschwunden.

Danke, flüsterte Cade in die Stille und wie von weither kam die geflüsterte Antwort:

Sei stark, denn der Himmel hat noch viel mit dir vor.

Cade richtete sich auf. Er stand allein in dem leeren Raum und wusste nicht, ob er lachen oder weinen sollte.